즐거운
장례식

즐거운 장례식

발행일	2020년 9월 19일
지은이	박시랑
펴낸곳	정기획(Since 1996)
출판등록	2010년 8월 25일(제2012-000003호.)
주소	경기도 시흥시 서촌상가4길 14
전화번호	(031)498-8085
팩스번호	(031)498-8084
이메일	cad96@chol.com

편집/디자인 (주)북랩 김민하

ISBN   979-11-971771-0-1 03810 (종이책)   979-11-971771-1-8 05810 (전자책)

이 도서의 국립중앙도서관 출판예정도서목록(CIP)은 서지정보유통지원시스템 홈페이지(http://seoji.nl.go.
kr)와 국가자료공동목록시스템(http://www.nl.go.kr/kolisnet)에서 이용하실 수 있습니다.
(CIP제어번호 : CIP2020039171)

박 시 랑 / 시 집

즐거운
장례식

정기획

시인의 말

2020년 한해를 지상은 고난의 해로 기록할지 모르겠습니다.
COVID19가 가져온 인명들의 사상은 가히 3차 대전입니다. 격리와 고
립으로 경제 교역 정치 문화 어느 것 하나 제대로 되는 것 없습니다.
엎친 데 덮친 장마와 수해는 참으로 눈시울 적시게 하였습니다.

참 용서 없는 손길입니다.
매질이 혹독하십니다.
맞고 또 맞아 성한 곳 없는 상처투성이로 만드십니다.
푸른 별은 얼마나 더 울어야 되겠습니까?

'예레미아' 속입니다.
징계와 용서의 말씀의 연속 가운데
벌레의 일상은 어쩌면 바빌로니아의 어느 땅에서 노역하는 이스라엘인
인 듯싶은 나날입니다.
이런 육신의 노역들이 벌레의 목숨을 부지시키는 것임도 압니다.
육신이 아닌 정신노동으로 살았다면 지금껏 숨 쉬고 살았을까 싶습

니다.
고통도 축복임을 압니다.

벌레의 글도 벌레의 시도 아닙니다.
'즐거운 장례식'이 망하면 공중이 음울할 것입니다
빛나는 것도 자격 없는 벌레의 몫은 아닙니다.

이 난리 통에 시집을 펴내주심을 감사드리며 병마에 수마에 또 다른
이유로 고통 받는 이들께 위로가 될까 모르겠습니다.
배부른 소리라는 말이나 안 들을지
미안한 마음 한편에 있지만
한 시대를 동반하는 모든 이들께 위안이 되길 바랍니다.

이 시집에 객체로 또 편집에 참여하신 분들과 멀리서도 벌레를 위해 기
도의 향을 사르는 분들께 감사드립니다.

2020년 9월
未嵐

차 례

1부 2017

2부 2018

3부 2019

1부

2017

비등의 자리에서

멀리서 우는 말매미들 울음으로
모래밭에 쓰러지는 파도의 쓰라림으로
알갱이들을 순식간에 키워
수정구슬들을 만든다
풍선껌들을 불어댄다

들끓는 세상일들 마침내 한바탕 꿈이어도
살아있는 한
아름다운 꿈을 향한 열정은 이어지리라,

와중도
한 고개 넘어서면 평화가
미지의 신세계가 오리라는 믿음으로
전쟁 같은, 환호의 군무로
펄펄 살아 들끓는 무리다

깊은 마음자리의 마그마가 충동질을 하는 듯
뜨거운 지옥도 언젠가는 천국이 될지니
온통 안절부절 못하는 깨들의 춤이어도

버티어라 서로를 붙들어라
부대끼면서도 살아야 꿈을 이룬다며
쉼 없이 수액을 밀어 올리는 물관들

살아 육탈한 듯 죽어 가는 듯
공중으로 산란하며 오르는 영혼들은
가야 할 곳을 아는가?

이내 짙은 날의 서정

풍경이 서글픔의 속살을 내비친다
이내 짙은 노안이
되돌아보는 길을 나선다

보고 듣고 겪어온 지난 이야기들이
보일 듯 말 듯
잡힐 듯 말 듯
있다가 없다가

아슴한 실의를 안고 누가 먼 길 떠나가는가?
다가선 자리마다 돌아서던 외면에 꺾어야 했던 목이 있었다

또 어디서는 세상을 찢는 울음 지상에 내리는가?
아이는 그늘에 안겨 낙화를 웃음 짓는가?

가고 오는 모든 것들이 뿌옇게 흐려지는 생의 오후는
바람도 꿈에 드는지

허공과 대지가 숨을 고르며 적막해지는
모호한 이승.

질고의 날들

해외 현장 3개월째, 숙소에서 열흘 넘게 시름시름 앓고 있는 입속엔 소태물이 돌고 체온은 하루에도 몇 번씩 여름과 겨울을 오간다 3인 1실의 동료의 담요들 모두 차지하고 몇 시간의 여름 오면 벗고 또 몇 시간의 겨울 오면 덮으며 충혈된 두 눈은 물기 가득한 채 흐리기만 한데 병의 원인을 못 찾는 열악한 현지 병원의 안약이 고작 생명의 마지막 끄나풀이다

한 달 사이 10㎏ 넘게 줄어든 반송장 앞에 온 미화원 쿠마리가 물수건으로 머리의 열을 식히며 흘리는 눈물 끝에 만 리 밖 동북의 아이들의 맑은 해바라기 미소들 다녀간다

근일간 차도가 없으면 본국으로 가라는 관리부장의 말이 마음 속의 화염에 기름을 붓고, 결단을 재촉한다 어떻게 여기까지 왔는데 이렇게 천더기가 되었는지 생과 사의 거리를 좁히는 것은 일신의 아픔이 아니라 그가 던지고 간 말이고 육체가 아니라 마음자리였구나

바나나 열매들의 조문과 펄럭거리는 바나나 잎 만장들 사이로 봉분을 드러낸 붉은 내 묘지를 안나푸르나를 지나온 석회수 강물이 하얗게 하얗게 울부짖으며 문상하고 탑돌이 하듯 돌아간다 내 영혼은 히말라야를 넘고 인도차이나와 타이완과 황해를 지나 동북의 고향으로 간다 아내와 어린 것들의 슬픔을 어루만진다 그녀들의 가난을 어루만지고 그녀들의 고달픈 미래를 위로한다.

시린 모가지의 사연

겨울엔 목도리로
한여름엔 스카프로 감고 다니는 모가지에
바람의 애무는
견딜 수 없는 두통이 되네

지나온 30년
연명을 위해 일자리에 목을 드민 후
9번 목이 잘리며
젊음이 토막 나던 역경의 자리마다
칼바람이 들었어도
모가지는 여전히 잘도 살아있네

세상의 망나니들로 피를 뽑아 올려
더운 혈관들이 식어지고
이젠 따뜻한 날도 버티기 힘든 겨울이 된 듯
초여름에도 친친 뭔가로 감아야 되도록
약해진 모가지,

열정을 쏟고도 이루지 못한 땀의 매듭마다
바람 맞고 된서리 맞고
흐르는 눈물로 잠들을 적시던

애끓던 가슴이 퍼올리던 혈기의 노래들이
가을로 와버린 시간 속에
차갑게 녹아

녹이 슬었는지,
어루만지던 부드러운 손길도
목을 감고 돌던 고사리 손길도 기억만 가물거리는
냉기 피는 모가지가
이제 머릿결에도 흰 서리 앉히겠다.

지렁이 목이 되어
잘릴 때마다 토막토막 살아 꿈틀거린다.

어둠 속에서 '이쪽'이 나를

어둠 속에서 취객이 나를 부르신다
"이쪽요, 이쪽."
한쪽 귀에
휴대전화기를 댄 채 왼쪽으로 고개를 돌린다
어둠과 불빛들만 확연한 공간 속, 어딘가에서

"아니, 그쪽 말고 이쪽요."
다시 오른쪽으로 고개를 돌리지만
불빛들이 눈들을 찌르는 어둠만이 가득하다

"그쪽 말고 이쪽이래도요."
손님의 위치는 이쪽에 고정되어 있는데
아무리 움직여도 나는 그쪽에만 있다
손님의 목소리가 들릴 때마다 왼쪽, 오른쪽, 앞으로 또 뒤로
자꾸 헛돌고 있다. 빙글빙글

"이쪽" 소리가 내 몸을 원격조종한다
저 반짝이는 불빛들은 뭘 비추는지?
원격조정장치의 고장난 장난감이 된 나를
움직임 하나까지 자세히 보면서도

에워싼 어둠을 밝힐 수 없는
당신의 취기가
내게로 와 방향 못 잡고 어지러워지는.

별종의 유전인자는

마음자리는 몇 억 광년 저쪽 허공 어디에서 씨앗을 가져와 새파래서 더욱 허허롭고 초라해지는, 이승을 넘어서도 이어질 것 같은 넓고 깊은 외로움이 깃든 영혼

습기 품은 하늘의 싸아한 서글픔을 온몸으로 피워내는 구름 안개 혹은 는개가 지워도 지워도 새록새록 솟아나는 슬픔의 구멍들 많은 몸피로

태양의 화염을 식히고 식혀 보관한 심장의 박동 속에 타오르던 태양의 소리 남아 들리는데 성정에 전해지는 빛의 인자는 자신을 거리낌 없이 드러내어 직선질주를 선호하는

바람이 불어오는 모래밭, 선창, 들녘의 풀숲에서도 잠자 버릇하고 살 갗에 소름 돋을 때까지 바람을 맞고 겨울 버스 속에서 창을 열어 놓고 가끔은 겨울 잠자리에서도 바람을 틀어놓는 야릇한 버릇에 폭풍의 노한 언어가 휘몰아치다가도 밑바닥엔 유유히 흘러가고픈

물 가운데서 태어난 천성은 물 만나면 콧망울부터 벌름거리고, 풍성한 해초류와 패류에 진수성찬 사이로 잠영하다가도 쑥쑥 숭어 뜀으로 솟으며 찬란한 물비늘들의 환호와 세례를 헤치고, 마른 살갗이 가끔 하얀 비늘들을 털어내는 한 마리 활어의 영혼

날개들 퇴화된 것이 언제였을까? 날개들이 타버린 이카루스의 후예일까? 비상을 꿈꾸는 인자는 구름 위에도 앉고 머나먼 별들 사이를 떠다니는 오래 전 창공을 날아다니던 한 마리 붕새 혹은 비조가 깊이 새겨진

낮에는 잠자고 거꾸리에 얼마 간 매달려 있기도 하다가 땅거미 내리면 날개를 퍼덕이며 어둠과 불빛들 사이를 헤치며 거리들을 휘젓는 박쥐나 부엉이 혹은 부나비의 인자들이 혼합된

왕도 철학자도 피곤과 두통거리들이라 오직 한 줌의 햇빛과 최소한의 먹거리면 너무 충분한 디오게네스와 김삿갓이 어우러진 아나키스트, 그 무엇으로도 구속되기 싫은 자유인은

탁발의 시간이 즐거워 바랑도 목탁도 염주도 없이 손님들이 건네는 몇 푼의 양식 앞에 몸 굽혀 겸손과 감사로 받는 파계의 탁발승, 잡음 없는 한적한 소로를 무제의 화두들을 염불 대신 콧노래로 흥얼거리며 걷기 즐기는

아직도 나타나지 않은 인자 하나가 있어 꽃받침의 조심스럽고도 든든한 포옹에도 하늘 놓고 떠나야 할 낙화의 때에, 어떤 죽음에 이르는 병이 이끌지?

잇몸 통증에 실린 노을

오른쪽 아래 어금니의 잇몸이 부어올랐다
입속에 메추리알 넣은 듯 오른쪽 볼이 두드러진다
잇몸 통증이 턱과 목과 머리까지 퍼진다

돌아가신 어머니께서 내 통증을 따라오셔선
"아가, 어째 잇몸이 이리 붓고 아픈가 모르겠다." 하신다
온통 사기당해 거덜나게 된 아들은
입속에 꿀을 머금고 있다가
어머님께 향하던 두 눈을 끝내 돌리고 말았다,

잇몸을 찢고, 피고름 짜내는
독한 내 고통을 보시던 어머니께서
말 없이 눈들을 돌리신다
그 눈빛들이 남아 가슴을 찌른다
한숨 한 자락
차마 못 뱉으시고 끝내 고개를 떨구신다,

고통을 견디느라 쇄골 부위 근육이 마비된다
어머님은 보이지 않고 나의 고통만 가득하다
노을에 시공이 붉어지는 이유를
노을이 되어야 알게 되는지?
제 뼈가 저려야 뼈저린 후회가 따르는지?

청개구리들 우는 소리가 오늘 밤 이 들녘의
쇄골부를 저리게 하는데,

해 닿는 호면을 보며

누웠다
제대로 누워보지 못한 不臥들이
호면의 해 닿는 물결들을 깔고
그림자들은 누워 흐느적거린다
내무반의 병사들처럼 합숙소의 연습생들처럼

잠들지 못하는 몸들을 폈다 구부리며
불온의 현실에 흔들리며
어딘가로 간절히 떠나고 싶은
제자리의 유영들이다

일렁일렁
결코 떠나지 못하는 마음들만
허물다가 모으기를 거듭한다

가끔씩 낮별들이 꿈의 항로를 등대불빛들처럼 깜박인다
흐리고 어두우면 속내를 깊이 감추고
비 들으면
방패 되어 빗살들을 쳐올리다가도
해 들면 다시 속을 드러내는

나름들 삶의 요령들이 익숙하다
탈출과 망명의
소원들 저리 파닥인다
예수님은 저 물결들을 어떻게 건너셨나?

아침을 여는 갈치들

남해를 떠돌던 갈치들 몇 마리가
아침의 선창 위에 놓인다
해저를 휘젓고 다니던 긴 칼들이
전쟁의 생들을 접고

등들 눕혀 잠들 수 없던
경계의 긴장들을 제대로 풀었다
승리들 패배들 모두 무의미해진 해저의 戰史를 안고
감추었던 은빛들 모처럼 지상에서 완연하다

평생을 숨겨야 했던 몸빛들이
제빛들을 발하며
몸마다 훈장으로 빛난다
꿈, 꿈들을 꾸는가?

저 꿈들이 파도들을 부르고
태양을 밀어 올리고
갈앉았던 산들을 띄워 올리고
바다를 금빛으로 연다

푸른 하늘을 연다
세상에 생기를 불어넣는다
몸빛마다 무지개를
눈부신 칠색의 가교들을 세운다

한쪽 눈은 바다의 기억을 붙잡고
다른 한쪽 눈은
먼 하늘 귀착지로 향하며.

행복한 해골

입이
사라진 귀들에 걸렸다
귀 없이도 들린다
안개의 발걸음들과 영혼들의 울음들까지도

치열의 화안한 웃음이
멎어 선 파도다

깊어지고 깊어진 눈들
무심의 구덩이들이 살아있는 세상을 바라본다
동자들 없이도 환히 보인다

뇌도 머리털들도 다 버렸으니
한때 작은 기대감으로 머리 빗고
단장하던 생각들 다 아득하구나

인연이 없는데
관절은 무엇에 쓰나?

때때로 불행은 기대가 무너지는 데서 오지
살갗 없이 숨 쉬지 않고도
살아지는 세상이
행복의 나라가 이렇게 있는데,

슬픔도 기쁨도 아픔도 고통도
숨 쉬는 일 하나로 빚어지거니

껍질을 벗고
내장을 비웠는데도
아직 버려야 할 것들이 남아있다,
완전히 없어져 우주와 혼연일체가 되기엔.

그날(1598.11.19.) 제독의 고백

火星이 南斗를 범[1]한 지 7년 7개월 7일
죽은 人馬들의 뼈들이 온 땅에
장작조각들처럼 흩어져 곳곳마다 걸음들을 붙들고
범람하는 屍臭는 식도 깊이
손가락을 넣는다

100년의 평화는 간 곳 모르고
남편들이 아내들의, 부모들은 자식들의 인육을 먹는
극악과 혼돈의 수라장에도

떠다니는 정청의 배는
밥그릇 싸움에 흔들리고
정적들의 시기와 탄핵으로
오늘 西厓[2]는 하선 당하셨다

일전 남쪽의 혜성이 진 것을 두고
밤에 陳 제독[3]이 찾아와
천문을 익히 아시면서
왜 秘方을 마련하지 않느냐며 가슴만 치다가 돌아갔다[4]

죽음과 삶의 경계가 무의미함을 지나
삶의 목적이 죽음이 되고 평화를 구하는 길이 되었다
政治는 자신의 연명을 위하여 끊임없이 타인들을
희생시킬 뿐이다

수많은 희생을 온전히 막지 못한
나는 죄인,

밀어드는 물결이 적인지 아군인지, 귀한 목숨들인지?
화살비와 포성들에 잠이 실려 온다

총탄이 심장을 뚫고 와
내 영혼을 데리고 등 뒤로 빠져나간다[5]
동북아의 평화가 이 바다의 미명으로 온다.

1) 〈징비록〉, 유성룡 저, 김시덕 역 p196
2) 서애 유성룡
3) 명나라의 파견 수군제독 陳璘
4) 〈난중일기〉에서
5) 〈징비록〉 내용 '총알이 그의 가슴을 뚫고 등 뒤로 나가니' p568

겨울로 가는 발바닥의 아리랑

양 발바닥에 각질이 인다
물결무늬와 겹꽃무늬들 새겨진
사막이다

옛날이 그리운지
파도들로 달리던 시절과
꽃들로 피어나던 젊은 날들이
정지화면으로 맺혀 있다

그리운 시절의 물기를 묻혀 주어도
밭아 가는 논바닥처럼 이내 메마른다
皮下는 문들을 닫아거는지
시나브로 이승의 시간들을 밀어낸다

열정도 집착도 무디어진다
각질이 뜯겨진 발바닥에
비치는 핏방울이
쓰리고 아픈 통증을 부른다

육중한 몸 하나 길 위에 온전히 걷게 한
멀고도 오랜 걸음을 견딘
가장 아래쪽 버팀판이
속 아리고 겉 쓰린
아리랑 쓰리랑

걸어온 길들의 사연들이
매듭매듭 줄기줄기
아리고 쓰려.

이 眞景 씨

 교통사고로 남편이 교도소에 수감된 후 눈치로 얹혀 살던 친정집을 나온 첫날, 세 살배기 서현이는 앞세우고 6개월 된 젖먹이는 포대기에 안은 채 전단지들을 붙입니다 테이프 조각마다 세 식구의 연명을, 전단지 한 장 한 장 끼니들을 낚습니다 남편 향한 그리움과 기다림을 붙입니다 할머니 한 분이 "금방 떼어 버릴 걸 뭐하러 붙이나?"는 나무람에 울컥 양 눈시울 뜨거워지는데 어린 것들의 눈들과 귀들까지 이런 척박을 견디어야 하네요

 일일 주방자리를 구하여 두 아이를 탁아소에 맡기고 돌아서는 등 뒤로 젖먹이의 울음이 바늘 끝으로 찔러 옵니다 설거지통 속에서도 밥그릇 위에서도 내내 한 아이는 웃고 한 아이는 울고 있습니다 뜨는 밥술마다 식도에 걸려 이내 숟가락을 놓습니다 더딘 시간은 해를 중천에 매달고 풀어주질 않네요

 탁아소에 맡긴 아이들을 찾아서 싼 여관방을 어렵사리 구하여 하룻밤 묵습니다 서현이의 3번째 생일, 손바닥만 한 빵 하나 사서 촛불 3개 꽂고 축가를 부릅니다 천진한 서현이는 행복한 웃음이 떠나질 않습니다 작고 침침한 여관방의 밤을 아이 하나가 햇살 되어 밝힙니다 빛나는 햇살이 자꾸 눈시울들에 이슬들 맺어 무지개를 띄웁니다

 아이들과 함께 생업을 꾸리는 일이 버거워 당분간 아이들을 보육원

에 맡길까 싶어 남편 면회를 왔습니다 어쩌지 못하는 심정이 미칠 것만 같다는 남편은 머리를 절레절레 흔듭니다 우리 안의 순한 짐승의 안타까운 몸부림을 보며 괜히 왔구나 싶지만 남편의 따뜻한 가슴의 온기에 이 모든 고난과 설움 봄눈 녹듯 녹아나는 그날을 기다릴 겁니다 뼈를 깎여도……

* KBS 1TV에서 2013년 9월 28일 방영한 현장르포 〈동행〉의 '여보 기다릴께'를 근간으로 함

노년의 자매들

87세의 할머니가 92세의 독거 언니께 전화를 넣는다 몇 번을 시도해도 전화를 안 받으시는 언니께 무슨 일이 생겼나 싶은 염려가 입던 옷으로 급히 버스를 태운다 방망이질에 바쁜 가슴 하나가 멀리 산골의 언니를 보러 길 떠난다

"언니야 언니야" 불러 본다 방안에서 언니가 문을 열고 빼꼼히 내다보시며 "왔나?" 하신다 "휴~", 참아 왔던 한숨이 그제야 휘파람새로 운다 지상에서의 만남이 다시 올까 싶은 마음에 그래도 이렇게 살아 있는 모습 봤으니 다행이라며 며칠 머물다 가라는 언니의 당부에도 먹던 약들 두고 왔다며 한사코 가야겠단다

언니는 햇마늘들 양파들 주섬주섬 챙기시고는 속주머니에 접어 두었던 천 원짜리 몇 장 꺼내 동생 손에 쥐어 준다 하늘이 땅의 것들 챙기듯 언니는 여전히 수하를 챙기는 옛 언다 떠나려는 동생은 자는 잠에 조용히 눈 감으시라며 수의처럼 쟁여 두었던 저승길 한 자락도 잊지 않고 축복으로 건넨다 골 깊어지는 산 위의 노을은 눈시울이 붉고 따뜻하다 해질녘 지상엔 검버섯들이 꽃들로 흐드러진다 죽음꽃들이……

* KBS창원 1TV에서 2015년 7월 27일 방영한 '촌촌촌'을 근간으로 함

Ω 오메가

포위망을 좁히는 일군의 행렬인가?

학익진인가?

내부는 모두 탈출한 뒤인가?

탈출구를 누군가 열어주었나?

포위 계획이 새었나?

뚫어진 통로로 누군가 적과 내통하였나?

대오만 갖추고 하는 척만 하는 시위는 아닌가?

공(空) 혹은 허(虛)를 잡으려는, 혹부리같이 무의미한 일인가?

울음에 지치면 눈물도 거꾸로 매달리는지?

흰바다를 껴안은 灣의 마음인가?

바다를 향한 곳의 변함없는 몸짓인가?

통증과 폭풍우 속의 하룻밤

폭풍우 몸서리치며 어둠의 가슴을 두들기는 밤
몇 번을 망설이다
욱신거리는 허리를 쥐고 절름절름
어두운 거리를 헤집어요 부상병처럼,
외로움이 패전병으로 사라지네요

마지막 지하철이 쏟아낸 사람들이 지나가는
출입구 계단에 앉아
손님들의 우산을 내 우산 삼으며
통증을 달래 보네요

대리운전 프로그램에서 울리는 알림 벨 소리에 떠오르는
취객들의 위치와 행선지와 요금이
미소를 부르네요

악천후의 날씨에 대리기사 찾기란
먹구름 낀 밤 하늘 별 찾기지요
'오지인 매화동 가실 손님 요금 올리시지요?'
'그 요금으로는 2시간 묶여요.'
생각들이 통증을 살짝 밀어내고요

비바람 저쪽엔
조수석에서 오지 않는 대리기사를 기다리며
하품하거나 구토하고
어떤 이는 아예 깊은 잠에 빠졌네요

가야 할 곳도 하루 벌이도 요통 아래 지하수로 흐르는데
한산해진 거리를 불빛들이 절름거리며 걸어가고
번들번들한 거리는 굽은 몸을 기우뚱거리며 배웅하네요
밤낮이 바뀐 날품팔이의 빗방울들 흩어지고요

아프고 공허한 밤일이
사방의 어둠과
제 감정에 못 이기는 비바람을 재우려
애만 쓰네요,
승리도 패배도
의미를 지우며 새벽은 또 오는데……

그믐달의 가슴 속을 들으면

오랜 부침의 거듭에
길들여졌을 만도 하건만
새삼 온 사방 어둡고 춥고 마음 참담하다
속에 있던 여망과 흐린 욕구의 잔재를 다 버렸는데도

시위 잃은 활의 마음이 이럴까?
하현이라는 말 뒤에서
날 선 칼의 마음으로 잔뜩 긴장되고
생각은 점점 또렷해진다

망해 가는 업자의 미련처럼
그래도 한 가닥 기대를 걸고
밤의 귀퉁이를 붙잡고 빛의 부스러기를 긁어모아도
알알이 흩어지기만 하는 빛, 빛, 빛

슬픔이나 눈물들이 비집을 틈을 잃었다
실낱 같은 기대도 버려야 하기에,
가슴을 헤집어도 묵묵히 받아주던 구름도
쏘아 놓은 문어 먹물로 앞을 막는다

위축의 내리막에서 문득문득 온 하늘
꽁꽁 얼어버리거나 불에 휩싸인 환상이 오고
날카로운 칼날의 부메랑으로
하늘을 마구 휘젓는 내가 보이기도 한다

잠수한다는 말 또 나의 일이 되리라
푸른 별이나 감고 도는 몸종 노릇에
겨우 주인집 물때나 맞춰 주며 야등이나 되어 살던 일도
목 잘리어 내 몫은 없어지는지

애착을 버리고 마음 비우리라는 다짐 속으로
불안이 몸 불려도, 놓자
붙잡고 있던 모든 것들을.

네 지붕 한 가족의 재회

수원 부산 강릉 그리고 시카고에서
가족들이 모처럼 서울로 모인다 오래 전 한 가족이었던
남남들이 터질 듯한 설레임들을 목구멍들로 삼키며
심포지움 하듯 만난다

초가을 오후를 걸친 테이블 앞에서
십여 년을 못 보고 산
마음들이 두꺼운 겨울옷들을 입고 있다

서로 다른 빛깔들의 커피와 차들이
결코 어우러지지 않는 마음들을 억지로 함께한다
너무도 다른 빛들과 향들로 4분 된
찢어진 마음들 가슴들,

나무도 오늘은 한 잎 낙엽으로 왔다
울타리를 잃어
나무에서 떨어진 후 다시 만난 낙엽들의
죽은 듯 살아온 목숨들이 가볍고도 불안하다
지나는 바람에게 부탁한다
잠깐만이라도 쉬어 달라고

여덟의 눈들 사이로 말들이 길들을 달리 할 때
낙엽들이 뒤척이며 마른 울음들을 운다,

세파의 무례와 새까만 외로움들을 건디고도 살아 있음이 반갑고
이렇게 만날 수 있음이 복되고
뒤척이는 낙엽들의 울음들 들을 수 있어 고맙다

견우성과 직녀성의 부끄러운 7월 7석이 오늘 오후구나
두 아이까지 함께 한 이 자리가 은하 강변이구나
이 자리 파하면 또 저마다의 터로 돌아갈 여덟의 눈들아
여덟의 발들로 흩어져 멀리서 바라보는
다시 별들이 되자
망망한 바다에 표류하는 전마선처럼이라도 또 살아야지

그늘도 못 되고, 한 잎 낙엽으로 온 나무에게
욕된 눈물을 비처럼 뿌리고 돌아서자.

바락, 발악 꽃 진다

아프다, 많이
죽어가는 나를 슬픈 눈으로 바라보지 마라
살 문드러지고 살 떨어진다
눈물도 아니고 비늘도 아니고 아까운 내 살
곪고 썩어 떨어진다

어디 이른 봄엔가는
고공에서 투신하는 유전자를 지녀서
한 순간 깔끔하게 이승을 마무리하는 종족들도 있다는데

병치레가 추하고 질기고 지루하다
지금 이 아득함,
기도도 하느님도
절망도 소용없는
이 붕괴 이 멸망 이 고통 이 설움 어쩌나?

제발 좀 살자, 이 계절아, 망할 바람아
그 사이 또 뭉텅뭉텅 육신이 절단난다
한 덩이 두 덩이……
어쩌면 되니, 어찌하면 좋겠니?
이 불구의 몸에 비라도 뿌린다면

산 자여, 죽은 열 목숨이 무슨 소용이겠어?
제발 제발 누가 좀 어떻게 해 다오

왜 수 많은 꽃들은
거역할 수 없는 문둥병의 유전인자를 지녔는지
천형의 惡疾을
빌어먹을 염병같이 더러운 괴질을……

煙燻[1]에 이르러

긴 여로에 몸은 처질대로 처졌다
햇볕과 해풍에 피부는 벗겨지고
부스럼 딱지 앉고 이끼 끼어
남루하고 병 든 환향이 되었다

홀로 떠도는 물길엔 힘 없는 바람에도 속이 쓰렸고
발 없는 아랫도리가 쓰라렸다
폭풍우엔 눈 뜰 수 없었고 험파의 담금질에
속이 울렁거렸으며 어지럼증에도 시달렸다
물 젖어 갯솜화 되고 지치고 병든 내 몸과 마음
갯내가 심하다,

바닷가 병원의
고임목들의 침대 위에서 재활치료 중이다
불기운과 연기로 뜸을 뜨고 막힌 혈들을 풀고 있는 거다
마르고 맑은 몸과 마음 다시 찾아
거듭나려 한다

누구나 생의 전쟁에서
상처 입고 병든 곳곳 씻은 듯 털어내고
다시 엉덩이 끌면서라도
살아 가야 하느니

묵은 때 벗기고 병 고친 위에 화장하고
전선으로
삶의 전장으로 가야겠지
산 목숨 아직은 포기할 때가 아니니.

---

1) 해상에서 장기간 떠다니던 선체에 붙은 패류나 해조류 등을 제거하고 선체를 말려 배의
   흘수선을 높이기 위하여 불과 연기로 그을리는 방법. 대체로 이 연훈이 끝나면 배의 흠
   나고 손상된 곳을 고치고 페인트를 다시 칠하는 과정이 따름. 예전에는 나무를 태워 그
   을렸으나 지금은 이동식 보일러 등으로 처리함. 煙燻 대신 煙煖(연난)을 쓰기도 함

거꾸로 사는 이야기

당신들이 휴식에 들 어둠에 나는 먹이를 찾아 두 눈에 불들을 밝힌다
금요일 밤의 약속은 강 건너 일,
동창회 명단들에도 내 이름은 지워졌겠네

어스름을 맞으며, 단촐한 아침 식사로
어둠 속 아픈 환자들을 돌보려
단말기와 마스크와 휴지를 챙겨
하룻밤의 왕진에 나서네

온갖 차량에 내 몸 옮겨 실으며
취한 병자들의 신음의 노래들을 함께 부르다가
욕설과 갑질에 게트림에 섞여나오는 악취와 구토에
개똥까지 묻히는 밤 여행이
숨 가쁘고 땀 젖게 하고 등허리를 휘어 놓는다

오늬의 빨밭을 기어 생을 구하는 한 마리 미물이
세상의 발걸음들을 가까스로 피하며 아슬아슬하게 살아남은,
승전도 패잔병의 모습
이것도 내게 주어진 사랑이고 또 다른 행복의 모습이리

새벽별들을 이고 드는 걸음들이 무겁다
환자들의 탁한 말과 냄새에 물든 영혼을 닦아내고 뜨는
점심 식사를 감싼 미명이 희망이다

고요를 덮고 기어이 잠을 불러 보지만
꿈 한 토막 못 꾸는 피곤과
눈꺼풀들을 만지는 햇살에 못 이겨
몽롱을 이불에 첩첩 말아 구기고 만다

햇볕을 덮어 먹는
당신의 점심시간이 내겐 저녁 식사 시간,
한가로운 바람을 따라 햇빛들 가물거리고 도드라진 풍경 속에
이방인이 되어 음악과 책들의 친구로 사는
호, 행복이라니.

어느 탈북자의 고백

북이 되어
맞고 또 맞고 찢어져
만신창이 걸레 된 육신으로

두만강을 숨죽여 건너고 고비사막을 넘으며
영하 40도가 썩히던 한쪽 다리 질질 끌면서
찌는 더위의 메콩강도 헤치며
수만 리 먼 길 몇 년을 에돌아 왔다

가시밭길에서 갈기갈기 뜯기고 해져 흐르던 피와 고름을
훔쳐내고 닦아내며
절룩이다가 기다가 그렇게 왔다,

이국의 어느 풀숲
허기와 추위에 절명한 내 아이 묻힌 자리엔
돋아난 풀잎들이
이슬들을 떨구며 내 대신 아이 머릴 쓰다듬고 있겠지

가슴에 묻은 하 많은 사연들 말문을 막지만
환상의 불빛 같은 자유의 등대만 바라보고
어둠들과 추위들 또 불볕 더위들을 견뎠다,

없어진 한쪽 다리에서 환상통이 온다

하늘은 사랑하는 자에게
더욱 많은 아픔들을 주고 사랑의 매들을 때린다지
연단의 아픔은 영혼에 피 생기는 과정이고
상처들은 나를 버티게 하는 보약이다

고통들의 높이도 넓이도
고뇌들의 깊이도
이승을 지나가는 길목의 한 순간이고
풀꽃들 피고 지는 한 시절이려니
억척 앞에 피와 살 되지 않는 것 무엇이랴?

상록의 마음을 자유 앞에 드밀며
살자, 어떻게든
죽을 마음으로 살아서 금싸락같이 반짝이자
희망이 살 오르는 이 남녘 땅에서.

군함도[1]를 생각하며

1.
유네스코 세계문화유산에 등재된 섬이라는데
탄광의 개들로 살았던 조선인들의 흔적은 지나간 구름들인가?
낙원 같은 섬
한때는 지옥섬
아름다운 껍데기 속의 어두운 역사를 파도들만 울먹인다.

2.
현해탄 건너 멀리의 한반도인들 끌려왔던 곳
탄 물든 玄海에 탄을 바른 섬
시작에서 끝까지 온통 검은 빛이다

한 덩이 콩깻묵에 끼니를 때우고
훈도시 하나로 들어설 때마다
지옥문[2]은 죽음의 입이다

포승줄 하나에 생선 꿰미처럼 엮여
1,000m 해저를 괭이질한다
오금 한 번 제대로 못 펴는 두더지굴의
열기와 습기에 휩싸여
독가스와 붕괴를 함께 캐낸다

캄캄한 이승이 저승에 바짝 붙어 있다

쥐꼬리 월급은
국채회비니 국민저축이니 조목조목 공제하면
손에는 굳은 살과 손금 몇 줄기[3]뿐인데
그나마도 반환금이 가끔 목을 조인다

검은 바다가 허연 헛바닥을 날름거리며
어느 목숨이든 먹어야겠다고
허기를 아우성친다
고통을 벗고자 뛰어드는 이들은 바다의 먹이가 된다

아득한 귀향
귀신이 되면 갈 수 있을까?

3.
잃었던 나라 되찾았어도
여전히 구천을 떠도는 수백의 가련한 영혼들.

* 출처: 〈군함도〉, 한수산, 창비

1) 일본 규우슈 서쪽에 위치한 나가사끼 현 하시마, 일제강점기에 일본은 반도인들을 미쯔
   비시 광업소 하시마 탄광에 강제노역을 시켰음
2) 탄광 출입구를 작업자들은 지옥문이라 불렀다.
3) 본문에서 인용

개 손님 대리운전 하기

대리운전을 하려고 트럭 문을 여는데
개 손님이 운전석에 앉아 계시다
손님이 개 손님을 안으며
조수석에 앉으신다

개 취향이 아닌 대리기사는
망설이던 거절을
엉덩이에 깔고 운전을 한다
개 손님께서 대리기사 어깨를 타고 머리를 핥으시려는데

전조등 불빛에 소름 돋는다
운전대가 좌우로 흔들린다,
개 손님 붙들고 욕을 한들 멍멍이시고
성추행으로 경찰을 부를 수도 없는 노릇에
애지중지하시는 사람 손님 눈치도 있으니

간신히 십여 분의 시간을 땜질로 끝낸
도로 위에서 긴장 담은 한숨 한 번 길게 뱉아내자
어둠의 사위가 안도에 환히 밝아진다,

새벽
집으로 와 하의을 벗으려는데
바짓단이 개똥 칠갑이다
온통 개똥 묻은 밤이었다

거리거리마다 개똥 냄새 풍기고 다녔다니
생각의 마디마디 개똥 얼룩이다
그나마 똥 밟지는 않았으니······.

얼음계곡에서

물이
피질 굳혀 속살 감싼 지혜의 길이다
길 가다가 한순간 입적에 든 정지가
우화를 기다리는 칩거다
동면이고 동안거다

귀 기우려야 간신히 들리는 속삭임이
묵도 중의 방언이다
기도 제목이 궁금하다
독재 아래서 민주와 자유의 희원일까?
함께 얼려 다시 길 가고 싶은 소망일까?

속으로 흐르는 피의 소리는
골골이 기쁨의 노래들로 넘쳐나고
물장구치면 물별들과 구슬들이 튀어올라
무지개까지 띄워낼 꿈의 속삭임,

좁은 가슴 넓어지자고
물언덕을 치며 달리고 싶은
두근거림을 담은

조용한 언어들이
살과 뼈들 영혼을 섞어 하나 되고
힘을 만들.

ㅅㄹ이 첫소리인 단어들과

유연하여
꽉 막힌 삶의 실타래 스르르 풀리고
얼었던 마음 강도 풀리며
온기까지 담은 듯,
유난히 귀 익은 소리 탓일까?

그가 태어난 蛇梁은 뱀들 많아 사량이라는데
혹 思量 아닐까?
옛 신라 섬들, 남쪽 바다 푸른 물 해적이며
소라 부부처럼 마주 앉은 두 섬을

사랑이라고도 불렀다지
사랑, 시리고 서러운 생로의 길에
굳은 뼈들 마디마디 사르르 녹아나고
고단의 건골들 틈새 메우는 水流,

어린 날 사람들은 그를 시라시라 불렀다
운명이 시가 되고
시랑 놓고 시랑 살라 했던지

또 누구는 그더러 승려 되라 하더니만

수로 따라 육지로 나와
온갖 고통들 다 겪고 겨우 붙은 목숨을 술로 살더니
뒤늦게 시답잖은 시들로 시름시름 앓고만 있네,

시란 서로 소통하는 소리
노래가 되고 사랑 노래가 되고
마음 맞으면 어화둥둥 춤도 추어질 소리로

시련들 풀어 넘고
쓰라림들도 그렇게 새살 돋구며
수런거리는 뒷얘기도
생각 바꾸면 꽃 피워내는 햇살 되고
화개 돕는 수분 아닌가,

수리수리 마하수리 수수리 사바하[1]
가끔씩 읊조리시던 부친의 알 수 없는 말 속에서
소년의 숙려 헤매기도 했건만

설령 좋은 일 없는 삶일지언정
실뱀이 길을 가듯
부드럽고 매끄러워지는.

1) 천수경에 나오는 말의 산스크리스트어 '좋은 일만 있어라'는 뜻.

녹색신호등의 발걸음과 길 밖의 길

발걸음들이
녹색신호등인 사람은

앞에 켜진 노랑 혹은 붉은 신호등도
발걸음들로 녹색으로 바꾸고
황록의, 적록의
색맹으로 삶을 일구며
어둠까지도 발걸음들로 밝혀낸다

땀으로 옷들을 입고
숨 쉬는 횟수도 심장의 박동도
남보다 빨라야 온전해지고
속과 성이, 생과 사가 하나인
걸음들 앞에

지름길 없는 길이
의미를 잃은 때
가파른 언덕과 진창과 가시덤불을 헤쳐가야
비로소 길이 된다
흙먼지와 오물을 껴입고
살갗이 찢기는 길이어야

길다운 길이 된다

길 밖의 길에 피 도장을 하고
절명하는 순간
미완성이 완성으로 승화된다

생이란 그저
길 가다가 사라지는 것.

9월의 코스모스 한 송이

어디에들 있었던가?
긴긴 기다림 끝에
우화하듯 온 고향집은
겨우 발들만 넣는 작은 방 하나

여덟이 나란히 누운 공중엔
안개와 구름과 별들 내리고
가끔은 어깨춤들로 서로의 옆 얼굴들도 보는구나

천장도 벽도 울도 돌아누울 틈조차 없는
가난에 심지들을 걸고도
온기 지피지 않고도 온정은
방사상으로 퍼지는구나,

행복 솟는 동산인 이 방 하나에 모인
팔진법 쓰는 우리들
예수님의 팔복이구나

가진 것 많아야 복된가?
허공에 머리들 두고도
주어진 영역 밖 넘보지 않고

가지런히 우주의 질서를 몸으로 살며

닿을 듯 말 듯 스치는 서로의 어깨들 틈으로
생각들과 영혼들이 물들어 정이 들고
우주를 가슴에 담는데

팔방으로 세상 밝히자
해의 빛살들 퍼지듯.

희망의 길
- 'Secret Garden의 Hymn to hope 선율에서 -

움이 튼다
잔잔한 물결로
한 생이 열린다
봄바람 먹으며 피어나는 심장에
먼 길 가는 희망을 새기며,

울 밖을 나서면
감아드는 바람에 의지가 휜다
구만리 앞길이 자꾸만 휜다
교차하는 밝음과 어둠의 뒤에
희망의 빛은 멀어져 가물거리는데
비 올라 바람 불라 눈보라 칠라
그래도 울지 말고 그대여 그대여
야생처럼 우리들
길 가야 하지 않겠나
꿈인 듯 생시인 듯
뽀얀 들판 아득히 펼쳐진 끝으로
먼 야산들 감아 흐르는 안개에 눈을 주고,

이 길 가는 동안 얼마나 많은 울음들을 속 끓이며
먹먹한 노래 품고 가야 하는지

그래도 사윌 듯 사윌 듯 사위지 않는
열정의 불꽃은 타고 있어
절망의 구렁에서도 올려다보면
아득히 천 길 벼랑 끝을 휘감아 흐르는 구빗길에
신기루처럼 희망이 꽃피려는데
내 사랑의 사람은 숨결 잦아지고 잦아져
마침내 명맥이 끊어진다,
아아 뼈들 우리는 통증과 가슴의 응어리 한겹한겹 삭여내며
겨운 고단 홀로라도 이끌고

일어서서 다시 먼 길 가야 하지 않겠나
물 먹은 솜의 마음 호곡도 못 한 채
절규를 머금고 울먹이는 심장을 안고 가는 길
이젠 끝인가 싶으면 다시 명줄 이어지고
절명인가 싶으면 다시 숨통 트이는 이승의 구비구비에
언제 어디서 한 번 목 놓아 울어나 볼까?
이울려는 때마다 생명수 뿌리는 이 누구신지
입술 마르고 숨 차올라 단내 나는 길
힘에 겨운 흙막을 뚫고 소생토록
희망의 빛 드리우시는 이 누구신가?
천장이 오고 험곡이 오고 때로는 늪이 오는 굴곡에도
길 가게 하시는 이여

휘모는 시련의 한 복판에 서서
가슴 먹먹히 치오르는 슬픔에

눈동자들을 싸고 도는 눈물 이 눈물들 그렁거리며
연한 듯 모질고 긴 목숨줄로
쓰러지면 거듭거듭 일어서서
고달픈 삶의 노래 부르며 길을 가야지
아프고 힘에 겨운 일들 묻고
뼈들 속 깊은 울음을 노래 부르며
맺힌 물방울들 훔치며 땀 젖은 옷가지 바람에 말리며.

빗방울들과 거미집

빗방울들이 거미집을 흔든다
天震[1] 같기도
연단의 매질 같기도 한데

거미집에 열매들 맺힌다
마알간 열매들 조롱조롱 현들에 앉을 때마다
音色들 발한다
몇 선지의 거미줄들이
생의 희비애락을 노래 부른다

음표들이 써나가는
한 편의 곡
맑은 선율 들리는가?

누가 노래를 불러 다오
제목을 달아
기억에 담아 다오
천상에서 오는 음표들 하나하나를

제 무게에 못 견뎌 하나씩 돌아가시기 전에
이내 잊혀질 노래는 말고.

1) 지진에서

관 속 무릎의 말들

뇌졸중 앓다가
반신불수인 채로 죽은 이가
한쪽 무릎을 세운 채
관 속에 누워 있다

양팔로 힘주어 무릎을 눌러보지만
꿈쩍 않는 오금으로
나머지 무릎마저 일으켜 세우며
관 밖으로 나올 듯,

한쪽 무릎으로 고이며
저승길 못 가겠다고 버티는 저 고집에
관 뚜껑의 의지가 널을 뛴다

죽은 무릎이
보내려는 산 손들을 뿌리친다
해야 할 말이 있다고 무릎이
입을 다물지 못한다
억센 무릎의 입이

'ㅅ'을 또 'ㄱ' 'ㄴ'을 발음한다
죽음 속에 감춰진 비밀이 있는지
이승에 남기고 싶은 말이 무엇인지
저 다리 하나가 굳은 산이다.

어느 교수의 시 창작실습 최종회 강의 발췌록

'시는 시인의 소유물[1]'이라는 말은 오만 가지 생각들의 하나일 뿐이죠. 모든 시인들이 시들에 기생하지 않는지 성스런 시들을 감히 창작 수업한답시며 목의 풀칠을 위해 미음이나 만들고 시들의 태양을 꿈꾸던 위성이었던 나는 시들의 희망에 얼마나 많은 저물녘 드리웠고 시들의 자유에 단체복을 입히려 했는지, 다 잘리고 남은 엄지손가락으로 육갑 짚었고 장님 코끼리 만진 소감이었어요

시 창작의 그늘 아래 환락과 기성의 타락을 따라 신춘 연회 끝에 처녀성 붉은 꽃을 떨궜고 건빵들 나누어주며 봉지 속 별들을 찾았고 一盜二秘三妾四妻[2]의 낡은 퇴폐를 즐겨 시화하며 버거킹 핫도그의 입 속 포만과 학문 속 음표에 시를 즐기고 빌리 조엘[3]의 피아노 솜씨와 스콜피언스[4]의 기타연주에 말초신경을 맡기고 운율들의 교성을 발하기도 했지요

신춘을 바라는 젊은 나무들에게 바람을 사서 우듬지들 비틀거나 오는 봄에게 움트는 어린 잎새들 입김 불어 날리기도 하고 몇 백의 색지들 위에 밤들을 뒹굴어 흰달과 서정의 밥상들도 받았던 시인도 교수도 못되는 밥벌레가 작은 思辨에 여러분과 시인들과 시들의 희망을 욱여넣으려 했네요

세상의 아픔을 감싸고 다독이며 어둠을 밝히려던 초심지는 사라지고 시 창작 강의로 세류의 천장을 붙잡으려 붉은 손들을 허우적거리지만 자꾸만 흔들리며 키 작아지는 힘 없는 촛불이었고 잎들도 줄기들도

뿌리까지 교만의 가시들 가득한 채 세상을 녹화하겠다는 헛꿈에 사로잡혀 시들에 가시들을 찌르고 시들의 열망에 가시들을 달아주려 했던 가시나무였습니다

　뒤늦게나마 누운 머리맡에서 우는 시들의 울음에 아픕니다 못 듣겠다고 돌아누우면 면전으로 따라와 울고 이불 뒤집어쓰면 이불 속을 헤집고 듭니다 시 창작 강의로 상처 입은 시들에 가슴 찔리고 온 영혼 멍들며 복수 당하고 있습니다 가리킴은 모르고 가르치려고만 했던 반편의 빈강들로 미안하고 인내로 들어주셨음에 감사합니다.
　때 늦은 깨우침이나마 고이 간직하여 이후로는 모자라고 때 절은 영혼으로 시 창작과 시들을 더럽히지 않겠습니다 종강합니다.

1) 정민호, '시작노트', 〈시인수첩 2017 겨울호〉 p54
2) '첫째는 도둑질 둘째는 비밀리에 셋째는 첩 넷째는 처'라는 성 취향에 관한 조선시대 말.
3) 미국의 팝 가수
4) 독일 하드록 밴드

딸랑딸랑

헤헤, 지금 딸랑딸랑 하는가?
결재서류 앞에 놓고, 아니면
골프장에서 스윙하면서…
딸랑딸랑으로 어찌해 볼려고?
간당간당 밥줄 위태해?

딸랑딸랑 아래로 당신과
곶감 꿰미로 조랑조랑 매달린 여우 같은 아내와 토끼 같은 새끼들
추위도 더위도 그거면 슬슬 넘어갈 수 있는데

Lip balm은 바르셨나? 없으면 침이라도…
불경은 생각도 말고
딸랑딸랑은 兼손을 좋아해
포개어 비비는 두 손바닥에서 사랑스러움과 귀여움과 온기가 나오지
목은 20도 숙이고
여름날도 오한기 살짝 느끼는 듯, 몸은 뱀 기듯

"네네 그럼요, 그렇고 말고요." 추임새에
한 오백 년의 꿈을 싣고
부정어들은 죄다 엉덩이 밑에 꼭꼭 묻어놓고,

태양이시고
당신의 신이신 딸랑딸랑
순리도 합리도 모두 그로부터야

굳게 잠긴 자물쇠도
얼어붙은 마음 강도
토라졌던 아내 가슴도 그걸로 푸는 거야

무당의 접신도
구세군의 모금도 다 그렇게 하잖아

당신의 ㅅ 아래 소리 나지 않게 하는
딸랑딸랑,
자유로운 영혼의 삿갓 아래엔 그게 없었다지?

2부

2018

거스러미

마른 바람에 쓸려 사라져 버릴까?
길 끝에 이른
살도 비늘도 못 되는 군더더긴데,

겉도는 殘命의 때엔
외면을 견디며
무심을 익혀야 하는 것

누구의 그리움도 되지 못할 무렵
피어나는 그리움들마다 삭여야 하는
주검도 산목숨도 못 되어

밀리는 시간의 물결에 부대끼며
때 벗듯 떠나지기를
때 기다리는 메마름의 마음으로도

자칫
피 비칠라
쓰라림 안길라

눈발 같은 목숨도
당신의 혀 끝에 감기고 싶은
염원은 남아,

공동묘지에서

흙바가지 독신자들 숙소에서
주무시기만 하는 분들의
흙바가지 마을,

어머니들
양수 채우며 만든
배 바가지들 속에 웅크려 살다가

세상에 나와 요람의 바가지들 벗어나자
마음의 바가지 하나씩 들고 다니시며
살겠다고 살아보겠다고
다니던 길에

일용할 양식과
환희와 행복과 슬픔과 고통과 상처
그리고 남루 혹은 영욕 몇 줌씩 담아

걸음들이 끝난 곳에서
바가지와 내용물들 모두 엎질러
버리고

뿌리들 되셨는지
다시 씨앗들 되시려는지
흙바가지들 속에서
깨어나지 않겠다는데

아직도 마음의 바가지 못 버리고
길 가는 그대여
내일 들어가 누워 잠들 흙바가지는?

그마저 필요없으니
항아리나 푸나무밭이나 달라고?

ㅎ

구식 세로쓰기의
분명
노령의 글 솜씨겠다
생일이나 기념일일까?

스무 개나 스무 명
아니면 스무 채나 스무 척?

20원은 아닐 테고
그럼 2만 원? 2천만 원?
혹 20억 원일까?
아래로 0 몇이나 생략되었는지…….

당신을 향한
냉소라면?

ㅌ

목 잘린 머리 혹은
허리 잘린 팔다리들이
옛날을 더듬는다

육류의 살을 찍어
입속까지 날랐던가?

청룡도 언월도 친구들과
갑옷 속 몸들을 찔러
수많은 목숨들 피 뽑아 사상시켰던가?

가만 가만!
두엄더미 걸으며
뭉클한 두엄 냄새, 그 더운 김을
풀어헤쳤던가?

기억마저 가물거리는
쓸모 없어진 몸과 생각
다시 태어나고저.

노을 빛 다섯 폭 치마에 담긴 두 마음

- 붉은 치마들을 보내고 받은 혜완과 약용의 심경들 -

혜완

우리 붉었던 사랑의 치마들도 세월에 바래 노을빛 되니 낡고 낡은 혼자만의 연모일 뿐이구료 지천명을 넘긴 내 몸에 피고 지던 달 사라졌다고 새파란 소실에 마음 붙여 늙고 병든 정실은 마음 밖에 나앉히시려는지, 남정네란 그저…

지아비의 유배는 내게도 유배여서 스스로를 혹사에 묻으며 먼 곳이지만 한 하늘 아래 계시고 오로지 사랑이리라 철석같이 믿었기에 애지중지하던 자식들 농사 반타작 되었어도 무너지던 가슴 추슬러 살아왔거늘 귀밑머리 파뿌리 되어가는 연륜에 사랑의 반을 잃다니 목 메이고 가슴 답답하고 머리에 김이 모락모락 피는데, 수십 년간 정 묻은 이 치마들 찢고 또 찢어 보낼까 태워 재만 보낼까 아니지 차마 그럴 수야 하늘 같은 사랑인데 장성한 자식들 뭐라 할까?

천 리 먼 곳에서 영어의 외로움을 책들 속에 묻고 계실 텐데, 아니지 그냥저냥 견딜 만하니 이 쓸모 없어진 다 낡은 치마들 여름날 홑이불로 쓰시든 걸레로 쓰시든 갈갈이 찢어버리시든 뜻대로 하시라지.

약용

혜완도 여자였구나 붉었던 사랑 병 들고 늙어 노을빛이어도 마음은 태평양이리라 여겼는데 한 낱 여인일 뿐이어서 말라붙은 샘에선 시샘만 역류시키고 존경심은 치마 밑에 떨구고 행동의 의로움[1]은 약에 쓸래도 안 보이는 속 좁은 여편네였다니 다 큰 아이들 알면 민망하지도 않을지?

보내온 다섯 폭 치마 갈기갈기 찢어버릴까 모깃불 불쏘시개로 쓸까 발닦개로 쓸까 아니지 아냐 가위로 반듯하게 잘라 몇 권의 책들 만들어 세상살이에 보탬 될 글들도 쓰고 마음 속 사랑의 늙은 나무에 날아온 새[2]들도 그려 자식들에게 나눠줘야지

책들 읽고 그림 감상하면서 저희 어머니 밴댕이 콧속 마음 읽고 저희 아버지 유배 속에서도 세상 사는 방법과 은유의 서술들을 보며 책 위에 홍조를 흘리도록, 빙긋빙긋.

* 정약용의 부인 혜완이 정약용에게 보낸 다섯 폭 치마에서

1) 敬以直內 義以方外에서, 하피첩(보물 제 1683-2호)에는 敬直, 義方으로 기록되어 있음
2) 梅鳥圖: 정약용의 그림

말의 칼

텔레비전 삽입화면에서
국회의 노 의원이 장관에게 질의 하는 중에
다른 의원이 말을 가로막으며 방해하자
왜 겐세이[1] 하느냐며 버럭 불을 날린다

방송진행자가
당구에서 쓰는 일본어를 국회에서 써서
화제가 되었다며 노 의원을 향해
슬쩍 칼을 휘두른다,

순식간에 국회의원 한 사람
무분별한 사람 되네
영어를 말하고도 일본어를 쓴 무지가 되네
진행자의 말 한마디가 저 의원 사양길로 모네
매국노도 멀잖네

국회에선 영어는 써도 일본어는 금지구나
즐거운 당구장엔
영어사전이 없고
진행자의 휴대전화기엔 검색창이 없구나

영어인지 일본어인지 모르는 무지인지
영어발음이 일본어로 들리는 난청인지
시청자들을 일본으로 몰고 가네

외국어 사용을 게인세이 하는 애국자인지
언어의 국적을 바꾸기도 하는 훼방꾼인지
친일파인지

당구용어는 잘 아는 저 진행자에겐
마세[2]도 일본어가 되겠네
영어도 불어도 모두 일본어로 바꾸겠네
단어를 일본에 빼앗긴 영국 미국 국민들…….

1) Gainsay
2) 마세(Massé): 프랑스어에서 공을 찍어 치는 것을 마세라고 발음하며 우리나라에서는 당
   구에서 마세이라는 발음으로 일반화되어 있음

'마음'이라는 단어가 없는 나라로 보내는 편지

그 나라엔 마음이라는 단어가 없다지요?
한반도는 마음이라는 단어 하나로
사람 사는 냄새가 나고
사람 사이를 얼마나 정감 넘치고
부드럽게 하는지 몰라요

무언가를 하거나 먹기 전엔 꼭
마음을 먹어야 하지요
춥고 배고플 땐 마음만 먹어도 오한기나 허기 가시고
수저 입 장기 없이도
먹을 수 있는 것이 마음이지요

마음은 그 쓰임새가 하도 많아서
베풀거나 주고받기도 하며
곱거나 밉게 쓰기도 하고
얻거나 사거나 팔기도 하지요
다지거나 구기기도 하고
자칫 다치거나 상하기도 하며
때론 버리고 비워야 할 때도 있지요

마음 없는 사랑이 어디 있고
마음 없는 성공이 가당키나 하겠어요?
마음은 생물처럼 자라기도 하고
지우면 사라지기도 하는 묘한 단어죠

'일체유심조'가 바로
마음먹는 일이듯
어쩌면 온 생이 마음에 지배당할 수 있는

이 중요하고도 멋지고 다양하게 쓰이는 단어,
무료로 영구임대 해 드릴게요
조어가 곤란하시면
그냥 '마음'이라 발음하시고
소리 나는 대로 써요.

---

* 2018년 3월 KBS 아침마당에 출연한 귀화 한국인이 그 나라에는 정신이나 영혼이란
단어는 있으나 마음이라는 단어가 없다는 말씀에서(러시아에서 귀화한 분으로 알고 있음).

담치들의 함구

국대접 속 열수에 담치들이
썰린 낮달 조각들과 어울려 담겨 있다
몇몇이 비밀들을 물었는지 입들 꽉 다문 채로다
끓는 물 속의 고문을 겪고도 여전히 함구 중이다
맵시 하나 흐트러지지 않는 자세다

무엇을 물어도 묵묵부답이다
언어의 진주를 품었는지
여섯 손가락으로 벌려도 까딱 않는다

볼 일 없는 요지경에 마음 부리지 않겠다는 듯
품고 온 수압을 물고
이들 맞부딪는 소리마저 꽉 물고 있다,

우화의 시간을 건디기란
생사의 갈림길 위의 고무줄놀이를 지나야 한다
하늘 날 검은 나비들 되는 그날을 기다려
자신들 속에 자신들을 가두고
묵언수행하는

합장들을 향해
누가 껍데기들이라 부르겠는가?

깨우지도
들여다보려 하지도 마라
껴안은 캄캄한 어둠 속의
별들이 될 말들이 탐스러워도,

해저 떠나 지상을 거쳐
승천을 희원하는 까만 눈동자들의
독한 기다림들을 두고.

서쪽의 말씀에서

손님을 향해 10분 넘게 걷는 숨찬 걸음에게
독촉의 전화가 얼마나 남았냐고 묻는다
이제 불과 1분 남았다는 대답 다 듣지도 않고
'아직 멀었어'라며 툭 전화를 끊는다

요것에서 욕지거리까지
끓어오르는 것들에게 뚜껑을 덮고
구만 리 밖으로 멀어지는 둘 사이의 거리를 좁혀
마음을 다잡고 걷는다,

요즘 부쩍 많이 듣는 말
"아직 멀었어."
60년을 걸어온 길이 아직 멀었다
여전히 동쪽을 못 벗어난 나, 아득한 서쪽으로 가고 있네

살아있음은 미완성이다
예순 다섯의 나이에 기적으로 살아나 한 살[1]이라 하셨던가?
걷고 또 걸어도 멀기만 한 하늘 저편
몇 년 뒤에도 밀려나 있을 이 길,

말이 불어오는 곳의 당신은 서쪽
붉음에 안기다가 이내 어두워지는 능선 끝

가도 가도 멀기만 한 거기[2]
까맣게 익은 당신.

1) 석해균 선장의 말
2) 이홍섭의 시제 "가도 가도 서쪽인 당신"에서 원용

이게 웃을 일입니까?

전과 달리 운행 간격이 연장 변경된
콩나물 시루 버스가 30분 만에 도착한다
시루에 오르는 콩나물들 발들을 넣지 못하는데
운전하는 콩나물이 키득거리며 웃는다

"아니, 지금 이게 웃을 일입니까?"라는 일갈에
웃음은 급제동이 걸린다,

운전하는 콩나물과 일갈하는 콩나물은 알고 있다
발 더딘 콩나물들 더 잘 실어나르라고 지급하는
정부보조금이 운행 시루당 월정액이니
운행 횟수 줄이면 줄일수록
콩나물 발들 오래 묶을수록
시루 회사 살찐다는 것을

오들오들 영하의 길거리에
떨며 기다리는 콩나물들 늘고
고통이 크고 오랠수록
시루 회사 즐겁다는 것을,

행정의 빈틈에는 눈먼 돈이 끼어 있고
행정의 대충과 시루 회사의 눈치 사이에는 콩나물들이 끼어 있네
시루보다 하찮아진 콩나물들의
고통이 교통인가?

새벽 5시간 동안의 을왕리 해수욕장

  취한 영혼만 골라 구입하는 대리운전의 새벽은 두 눈 뜨고도 잠 어린 멍한 뇌리가 되기도 한다 6만 원을 부르는 취객의 유혹에 홀려 새벽을 가르며 영종도 하고도 을왕리로 오는 내내 돌아갈 걱정이 가속기를 밟았고 유배와 인내의 몇 시간을 전조하며 영종도라고 오늘 日課 永終이기야 싶은 설마가 핸들을 돌렸다

  손님 차에서 내려 얼마간은 도심을 등 돌린 해변 모래밭과 파도 소리와 솔숲과 늘어선 매점들과 어둠 속에 감추는 듯 보이는 언덕 위 이국풍의 펜션들이 답답함을 날리는가 싶더니 시간의 흐름은 몽유로 이끌어 반복행동을 강요한다 5분이면 족한 해변로를 서성이듯 거듭거듭 왕래한다 몽유를 벗어나려는 생각의 몸부림은 더 깊은 늪으로 몰아 흔하게 흥얼거리던 허밍도 생각 밑바닥에 잠겨 있고 詩는 시대로 몽유 중인지, 5분 멀게 시각을 확인한다 피곤이 3월 새벽의 한기를 덮고 벤치에 눕지만 몽유는 눈감지 못한다 시간당 단가는 내리막을 달린다 60,000원 … 12,000원,
  무슨 일인가 하고 있다는 행복과 아무것도 할 수 없는 권태 사이의 지금 나는 어디인가?

  몽유중의 지갑이 옆구리를 찌른다 빈집까지의 50여 ㎞를 택시를 타자고 6만 원이면 충분할 서라고 꼬드기지만 간을 키우기엔 나이두 재산도 뇌도 이해 부족이다 '안산이나 인천 가실 분 안 계세요?' 환청을

떨쳐내며 이정표만 보고 날이 새도록 걸을까 싶은 생각이 머리를 내민다 허기를 느끼는 몽유중이 새벽 식당으로 향한다 온기 품은 끼니가, 따뜻한 국물이 증세를 완화시킨다 남은 시간을 죄다 식당에 맡기고 싶지만 곁술 없는 단촐한 한 끼의 눈치가 정류소로 가잔다 첫차는 아직 왕산[1]에서 꿈을 꿀 무렵인데,

　아침 첫차에 몸을 실어 잠들어야 풀려날 5시간의 유배 그리고 몽유, 살아있음의 꿈속의 꿈을 꾸는……

---

1) 왕산해수욕장(버스 출발지)

그리운 빈집

일과가 저물기도 전
마음이 먼저 들떠 집으로 간다
빈집,

여덟 평 월세집
작은 둥지가
날마다 이맘때면 그리워진다
집도 날마다 나고 드는 남루가 그리울까?

문을 열면 현관이 밝혀주는 좁은 복도와
도열하며 반기는 가구들과 책들
혼자만의 손발 때 묻은 마루와 방바닥과
어질러진 채 반가움으로 발길을 붙드는 옷가지들과

커다란 눈을 낮은 고갯길에 박고
기다림을 반짝이는 유리창까지,

낙원이란
몸 둘 곳 있어
한 뼘 두 뼘 몸과 마음 부벼 서로 정 붙이며
삶의 윤기 더해 가는 곳,

돌아가 몸 누이고 마음 부릴 집이 있는 이는 얼마나 행복한가?
비바람 긋는 벽과 천장이 있고
눈을 밝히는 한 줄기 불빛으로도
몸이 녹고 마음이 푸근해지는

사글세 오두막이거나
무허가 컨테이너라도
잠을 청하고
지친 몸과 마음 다시 일으켜 세울 수 있는
빈집인들.

고난의 시들을 분재하며

고난이 시들을 쓴다
마음에 커다랗게 뚫린 구멍을 안고
치매와 정서불안과 공황장애와 병명 모르는 병과
실직과 외로움이 섞인 고난이
시의 길을 간다

숨이 차올라 세 걸음이 힘겹다
괄약근 사이로 변이 새고
이부자리엔 누런 진땀이 지도를 그린다
머리털들이 우수수 빠진다
배가 부풀어 오른다
조금 전 한 일을 까맣게 모른다

와병으로 다른 누군가의 일상을 흔들고 어지럽힐
짐 되기 싫다
추한 모습 보일 수 없다
모두를 잃은 채 고난이 시들을 쓰면
꺼져가는 생명 소생할 수 있을까?

散漫이 단어들과 어순들을 어질러놓고
문맥이 비꼬이고 뒤틀린다
문체의 옆구리가 부풀어 오른다
어구와 어구들 사이들에 끼어드는 애매들 몽롱들 잡티들

어디가 문이고 무엇이 시인지
초대된 눈들이 어지럽다
어떻게든 온전히 시를 살려
생명력을 보전해야겠는데
방황과 상실과 고독과 아픔의 노래들이 아름다워지도록,

낮고 넓은 의지의 화분들에 시들을 놓는다
알맞은 흙거름 깔고 이끼 없고
질고를 드러낸 곁가지들 잎새들 잘라내고
마음의 주사들을 놓고
살피고, 또 살피고……

생긴 대로 다듬어진
휘어진 몸통들이 용틀임들로 오르고
수북한 잎새들 날갯짓들 치며
구겨졌던 옛날들을 펴

하늘 향해 치켜 올린다

하나인 듯 수 천의 숨소리를 새기는
시의 녹색비늘들
세상을 향해 빛들을 뿜어낼까?

제빵기 속에 버려진 채 돌고 있는 푸른 곰보빵

제빵기 속에 수많은 빵들이 구워지고 있는데 견습제빵사가 자동버튼을 눌러놓고 도망갔는지 빵이란 빵은 죄다 못 먹게 된 얼음 빵들 아니면 불 빵들인데도 여전히 구워지는 빵들 중

거대한 혹은 보기에 따라 작은 푸른 곰보빵은 빛과 어둠을 교차하며 굴리고 회전하며 얼었다 녹고 열 지폈다 내리며 물도 뿌리고 바람도 불어넣고 녹색을 울긋불긋 변색도 시켜보다가 흰 토핑 가루까지 뿌려가며 습도 조절하는데도 양 끝은 녹지를 않네 몇 십억 년을 구워도 하얗게 얼어있네

반죽이 잘 못 되어 간수와 물은 섞이지 않고 그냥 출렁거리거나 흘러다니고 가루는 가루대로 굳어버렸네 어떤 부위들은 너무 딱딱해 씹으면 이빨들 깨지겠네 빵 속엔 불까지 들어있는데다 모양은 크로와상이나 제누와즈도 아닌 계란형이 맛은 흙 냄새 푸나무 냄새 짠물 냄새에 온갖 잡냄새들 섞여 있네

시뻘건 불빵이 되어 결국엔 숯덩이가 되거나 다른 빵이나 빵부스러기와 부딪혀 깨질지도 모르는 푸른 곰보빵은 여전히 시차 없이 빙글빙글 잘도 돌아가네.

별을 낳는 콩팥 다루기

자주 별들이 자라 캐냈는데도
콩팥 속에 다시
별이 자라나보다

오른쪽 옆구리가 무겁다가 아파온다
아픔을 뿜어내는 콩팥의 신호다
몸도 마음도 속에 무언가를 품고 있음은 고통이다
별을 임신한 콩팥,

피트니스 센터의 전동 거꾸리에게 간다
물 한 컵 마시고 몸 거꾸로 매달아
양손 북채로 양 옆구리를 퉁퉁퉁
북을 울린다
별 모는 몰이꾼의 변죽 때리는 소리다

5분가량의 옆구리 수타에 이어
1시간의 운동이 끝나갈 무렵
별이 소변을 밀어내는지 하복부가 뻐근하다
콩팥 속의 별에도 귀가 달렸을까?

요로 벽을 찢고 나오는 별 조각들이
따끔따끔 찔러댄다
양수 줄기가 뚝뚝 끊기며 마디를 만든다
별밭이 온통 자지러진다

세상을 향하는 별의 움직임이 요란하다
난산인가?
나오는 별도 아픔의 길일까?

짤그랑,
맑은 첫울음이 변기에 부딪는다
가장 천한 변기 속이다
피 어린 노란 별 하나
구유의 아기 예수 같은……

눈물이 꽃으로 피어

세상의 모든 꽃들은 눈물들이다
끓어오르는 감정의 가지 끝마다
눈물방울들 맺는다

기쁨과 아픔과 슬픔 더불어
삶의 기온 숨 가쁘게 오를 때
올올의 누관들엔
눈물들의 키가 자란다

누르고 눌러두었던 격정의
가눌 수 없는 절정의 마디마다
꽃망울들 맺힌다
저마다 다른 모양과 빛깔의 歷程들
웃는 듯 우는 듯,

뚝뚝 낙루하는 꽃들과
낱낱으로 꽃잎 뜯어 흩날리는 꽃들
지난날들을 잊어가는 낙화들의 서술은 달라도

눈물을 아껴
세상의 눈과 마음을 더불게 하는
아름다운 꽃망울들 맺어 피고 지는데

그대여, 우리 부딪혀 꺾이는
삶의 굽잇길을 앙다물고
솟으려는 눈물들을 아껴
꽃으로 피워낼지니.

鵬瞰圖¹⁾를 준비하는 새벽

햇빛이 비껴간 27년의 한 생은
시대의 毒이 고독과 음습을 먹여
마트료시카의 가장 안쪽에 갇힌 영혼이었다

조류독감에 걸린 겨울에도
까마귀들 동북아시아 천지에 까맣다

니시간다 형무소²⁾에서 맞은 주사약이
남은 폐를 더욱 세차게 갉아먹는다

승천의 길엔
메론 향기 그윽하리라³⁾
폐를 긁어 쓴 글들이
세상으로 숨을 쉴 시간이 온다

열도의 까마귀밥으로 던져진 영혼
수 겹 마트료시카의 틀을 벗고
붕새 되어 날아오르리라

무겁게 덮어오는 눈꺼풀들 위로
새벽의 하늘 열린다

鵬瞰圖 그리기도 전
똥덩이들과 날갯짓에
뭉겨질 열도들과 떼죽음 당할 까마귀들은 아닌지[4],
193704170400.

참고문헌: 〈오빠 이상 누이 옥희〉, 정철훈, 도서출판 푸른역사
1) 鳥瞰圖의 원용
2) 니시간다 형무소: 이상이 1개월간 좌익사상법으로 1개월간 취조 당한 곳
3) 숙음에 임박한 이상이 메론이 먹고 싶다던 말에서
4) 원매의 '속자불어' 원용

아름다운 날들

- Ernest Cortazar의 La vida es bella(인생은 아름다워) -

노을을 등 뒤로 짊어진 산 1번지
계단들을 건반 치며 내려오는
당신의 발자국들을 듣습니다

사글세 옥탑방의 형광불빛은
뚝배기에 피어나는 찌개 꽃에 흐린 미소 흐뭇하고
앉은뱅이 밥솥의 증기가 당신을 마중 가자고 안달하며
바퀴를 찾습니다

각 지고 싸늘한 정원
빨랫줄 훑어가는 바람의 반주로도 노래가 흥얼거려지고
벼랑 위의 목숨같은 눈들로도
멀리 굽어볼 수 있는 그림 있으니 행복이지요

비비람 눈보라 쳐도
이 바람산 언덕이 있어서
모서리 깎이는 아픔들 견디게 하는
믿음의 어깨에 붙어 있어서
참 다행입니다

세상의 지붕머리는 정상이 아니고
변방이라서 더욱 인생은 아름답고 사랑은 감미롭고
중심에서 벗어난 눈 밖이라 한결 자유합니다

해도 달도 별들도 먼저 들렀다 아랫마을로 내려가고
변방이라 바람도 나래짓이 여유로운 산 1번지의
옥탑방

어항 속 금붕어들의 날개 터는 소리 찰랑거리는
이 작은 행복이 있는데
사랑이여……

네팔에서 하층민이 되어

네팔의 공사현장에서
이틀째 출근을 않는
현지인 화장실 청소담당 대신
청소를 지시받은

행정보조원은 나의 채근질에도
얼굴만 열을 지핀 채
입이 잠겨 있다

화장실의 휴지통 위로 하얀 언덕이 생기고
바닥은 태풍 지난 해변에
40도의 기온이 냄새를 퍼뜨린다,

인도와 접경한 이 나라에도
수드라나 하리잔의 일들을 크샤트리아가
대신하지 않는 카스트제도[1] 때문임을 몰랐다,

손수 화장실의 하얀 언덕을 없애고
어질러진 바닥에 물을 붓고 비질을 한다

네팔에 와서
나는 하층민으로 강등되었다
세상의 낮은 자인지 불가촉천민인지
화장실을 환하게 맑힌 하층민의
마음 환해진다

계급 구분이 확연한 이 나라에 와서
새벽 첫 버스를 타고
빌딩 청소와 경비를 위해 출근하실
한국인들을 생각한다

람 나트 코빈트(Ram Nath Kovint) 대통령 님[2]
당신은 누구신가요?

1) 인도 카스트 제도(브라만, 바이샤, 크샤트리아, 수드라, 하리잔)
2) 불가촉천민 출신의 인도 대통령

아버지의 애창곡이 품은 유전인자는

아버지의 애창곡은
'오늘도 걷는다마는…'으로 시작되는
나그네 설움[1]이었는데

걷기를 즐겨 하시지 않았던 아버지는
바다에서 전마선 신발 위에서도
논바닥의 잡초에 몸을 굽히시고도
산전의 쟁기질 틈새에서도

'오늘도 걷는다마는…' 노래로
무시로 걸어다니셨는데
어머니 자궁 속에서도 들었을 '나그네 설움'이

아버지 가시고 노래 멎는가 싶었는데,
아들은 영업한답시고
전국을 걸음 노래 부르는 것도 모자라
아시아 아프리카에서 유럽까지
두 발로 노래 부르더니

직장에서 해고되자
밤길을 걸음 노래 부른다
곡조는 뇌리 깊이 모셔 두고
두 발의 박자를 길바닥에 두들기며
오늘도 발품의 노래로 어둠 속 빛을 번다

어느 겨울날
캄캄한 낮을 맞고 유성우 쏟아 내리며 눈을 뜨게 하던[2]
최우성의 독한 유전자가

정처야 있건 없건
걷고 또 걸어야 목숨이 이어지도록
두 발을 노래시킨다.

1) 백녀설의 노래
2) '요단강가를 다녀오다'에서 원용, 박시랑, 만화경 살짝, 가온문학

미역을 붙여 널며

캐온 미역들을 선창의 멍석 위에 붙여 넌다
줄기마다 억센 미역귀들을 잘라낸다
草墳에 드는 길,
꽂이고 머리였던 귀들이 잘리면

온몸을 흔들어 연명을 구하던
해저음의 환청이 그치고
바닷속과의 인연을 끊는다
한 생이 지나면 몸들은 보시의 길에 드는 것,

몸도 맘도 붙일 곳 없던 서로를 다독이며
모처럼 서로의 풀기 되어
살붙이들로 누우면
끈적이던 풀기운도 미끄러움도 함께 말라가리라

우렁거리던 수압을 벗고 나면 사위가 가볍다
해 달 별들로 몸을 씻고 말리면
귀 없이도 들리는
바람 소리 파도 소리

꽃들을 버리면 몸들이 날개들로 피어난다
영혼들을 압축시키며
지상의 낮과 밤에 기대어 승천을 기다린다
가볍고 가벼워진
유주자들로 흘러 다닐 하늘을 꿈꾼다.

오솔길의 거미줄들을 걷으며

여름 오솔길엔
유난히 많은 거미줄이
대들보를 걸어놓고 상량식들 하려는지
거미집 단지라도 만드는지
길을 막는다

눈으로는 잘 보이지도 않는 거미줄들로
나를 먹고 싶어 하는 거미들,

생각 끝에
1m 남짓의 가벼운 막대기 하나 꺾어 들고
한 팔을 앞으로 뻗어 걷는다,

막대기는 철거공
험로를 평탄한 길로 만드는 허공로 복구공
나의 등불, 길 인도자

빤히 보이는 앞길도
나아가지 못하면 어두운 길을
막대기 하나가 터 준다
눈 없는 막대기 길잡이가
두 눈 빤히 뜬 나를 이끌고 간다

눈들 뜬 시각장애보다
눈 없이도 앞을 보는 심안을 가진 막대기,
호세 펠리치아노[1]와 이용복 씨[2]의
기타와 노래들……

1) 맹인 팝 가수
2) 한국의 맹인 가수

허수아비

손 없는 빈 팔들이로소이다
평생 단벌 누더기로
비바람에 기대어 흥얼거리는
음유시인이오이다

빈도 부도 먹고 사는 고민도 생각의 씨알 없소
여무는 벼들과 탐심의 참새들
내겐 친구들일 뿐이오

쫓거나 지켜야 할 것 없는
무소유론자요
자연이 자연을 먹고 자연이 자연을 살찌우는데
무얼 간섭하겠소

계절들 굴곡으로 가고 또 가도
빈 목숨 하나 허공의 십자로로 서서
숨어드는 비바람과 벌레들의 길 되어주고
새들에게 쉼터도 되어 주며

무심 같은 사랑을 한다오
여기 이대로 목숨 다하는 순간까지
선 채로 잠에 들며 붙박이로 사는
부동의 충성이라오

무자식의 나를
아비라 부르기보다
그냥 허수라고 부르면 어떻겠소
손들도 내장들도 속도 없는
빈 마음이로소이다.

두 언덕 사이로 강이 흐르고

진정한 사랑의 거리는
미움을 넘어선 어쩌면 무관심 같은 간격이다

저편 향한 그리움으로
외로운 마음들은 초목들의 키들을 키우고

저편 가는 이편의 바람에
이편으로 오는 저편의 바람에
안부를 들으며 바라보면
서로의 마음 알고 말고,

거듭 출렁이는 물의 몸짓에
언덕들, 겨드랑이들이 쓰라리고
때론 무너지는 가슴들이 있어

강은 목메이고
속 끓고 마음 상하는데
상처는 아픔이 되고
다시 삶을 일으키는 보약도 되네

부대낌의 춤들 어깨동무들
말들 노래들 울음들
쓰라림들 또 압박과 피압이
거기 있음을,

무색과 푸름이 동의어가 되는
뼈 없는 것들이 기대는
믿음의 양어깨는
넘을 수 없는 뼈들의 벽들이어도

무심 같은 저들도 알다 마다
태생의 모습으로 살며
또 차츰 변해 가며
서로의 길 가는 것을,

나무의 하늘 등정

발들을 땅속에 묻고 가야 하는 길은
하늘길뿐이다
등정과 비상과 보행과 수영은 동의어다

빛들의 자일에 몸을 걸고
허공영법으로 하늘을 당긴다
연록 혀들로 읊는 주문은 진록으로 짙어지고
땀방울들의 꽃들이 피기도 한다

한 걸음 오르며 사방의 팔들 한 마디씩 늘리고
발들과 발가락들을 키운다
높이 오르기 위해 몸의 근력을 강화시킨다
팔들을 펼쳐 벌새처럼 날갯짓들을 계속한다

꽃들 지면 열매들 익어지고
오른 길이 몸에 안착되면
혀들을 버려 말들을 줄이고
추위 견디며 속을 다진다

한 걸음 걷는데 삼백 예순 몇 날,
지난 등정은 몸 되고 길이 된다

평생을 올라도 성공 못 할
고단의 등정에도
매 순간을 열심히 살아 행복해지는…….

바람의 전화를 하며

하늘 어딘지 계실
당신을 초혼하러
바람의 전화 놓인 언덕에
올랐습니다

당신 없는 이승에
살아있음이 아픔이라서
선 끊긴 전화기를 들고
바람에게 공사를 맡겨
말들의 가설교를 놓습니다

둘 사이
아무것도 가릴 것 없는 공중에
공중전화기로 뿌리는 말들 모두
파랗게 물들어 사라지는지

새도 쪼아먹지 않고
구름도 싣지 못하는 말들은 어디로 가고
눈 고랑들에 어룽거리는 물기만 무게를
더하는 것은

당신 없는 허전함 때문입니까?
살아 걷는 내 길의 고달픔 때문입니까?

대화와 독백이 동의어가 되진 않겠지요
성대를 애써 빠져나온 기도 같은 말들이
헛된 넋두리들은 아니겠지요,
말들이 가서
당신께 닿는 시간을 기다리면

반짝이는 빛의 대답들
내 어둠을 뚫고 들릴 것을 믿습니다
잎새들의 속삭임처럼 다가와
아픈 가슴 어루만질 것을 믿습니다.

* 일본 이와테 현 오츠치초의 언덕에 있는 선이 없는 전화기와 전화부스

수인번호 134340을 달고 퇴출당한 冥王이

   한 가족이었던 76년간은 인간 세상에선 수명 다해 이을 수도 있겠지만 여기선 겨우 한 계절, 입양에서 퇴출에 이른 것에 감사해야 할지 슬픔과 분노로 원망하며 복수의 씨앗을 키워야 할지

   태양계에 말들 많은 이유는 부모도 맏이도 아닌 늘 방원이 같은 변덕의 셋째 때문이지요 내 이름을 바꿔 쫓아낸 간신 마이크 브라운이 살해자로 오명은 얻었지만 수배령도 구속도 문죄도 없음에 의심들 만 발하네요 내가 언제 태양계의 왕이라도 되겠다 했나요 저승의 왕이라 부른 것도 수인번호 같은 134340을 붙여 쫓아낸 것도 모두 셋째가 한 일들인데 이게 바로 실세왕의 짓이잖아요 아홉째 막내로 입양시켜 뒤치다꺼리나 힘든 막일 시킬 요량이었는지 너무 작고 별 힘도 못 써 영향력 없다고 쫓아낸들 어디 갑니까 퇴출시킨 걸 후회하며 복원해야 한다는 말의 꽃들 피고 있다지요 울타리 안에서나 지금이나 경계를 파수하는 일에 다섯 수졸들 거느리고 소홀함 없으니 그만들 하시죠 내게 먼지일 뿐인 말들

사람 세상이야 마음 따라 변덕이 춤도 추겠지만 묵묵히 주어진 길 가며 할 일 다 하는 작은 베어링으로 사는 신뢰에겐 왕관도 가시면류관도 의미 없지요 변경 한 바퀴 도는데도 셋째에겐 248년 걸려요.

* 네이버 검색창에서
** 134340 Pluto를 말함

숨비 소리에 이르도록

크게 숨 한 번 쉬어 멈추고
해면을 비집고 수심을 가르며
바다 깊이 더 깊이 바닥으로 들며

죽어가는 연습에 든다
울 수도 없고 울어서도 안 되는
연명의 길이어서

일 분
이 분
삼 분

해저의 고랑에서
쩡쩡쩡 아프도록 귀 조이는 수압을 견디며
한 자루 호미에 희망을 쪼며 바다의 바닥에서
생 목숨 하나 거둬들이는 물 밑의 각개전투,

생애란
몇 번이고 죽음의 문턱들을 오르내리는 것

지친 힘 추슬러 모아
죽음의 바닥을 차고 솟구쳐
햇빛 환한 물속을 오르면
피고 지는 단명의 목숨들로 승전무를 추는
물거품 꽃들이 가는 길 끝으로

화들짝
한 송이 海蓮
물결 위에 피어나

살아냈음을 온몸으로 토해내는 꽃파람[1]
한숨이고 휘파람인 전율의 절규에
온 개안 울리고
꽃 띄운 파도는 넘실거리고,

1) 꽃의 휘파람

집이 몰래 이사를 갔네

생애의 하산 길에 일터에게 등이 떠밀렸다
빈둥거림의 바다에서 잡은
지푸라기 재취업훈련을 받고
집으로 돌아온다

생계의 무책임으로 처진
염려가 문을 두드린다
통 통
텅 텅

떵 떵 떵
사람의 응답은 없고
현관문의 함구령 소리만 커진다

두 눈이 헛것에 이끌렸나 싶어
아무리 둘러봐도 제대로 왔는데
다들 외출이라도 간 걸까?

어두워진 사위에 눌린
가방끈이 계단에 웅크려 앉힌다
풀벌레 소리뿐인
아내 향한 전화기 송신음을 낳고

인근 지인에게 물으니
며칠 전 이사를 갔단다 새집 위치도 모른단다
만감들이 성대를 막는다,

일터에서 떠밀린 반편의 등이 가족에게
또 떠밀린다
살아있는 내가 없어지는 중이다

노숙이나 행려병이 몸을 이끄는
8월 낙엽의 마음이
서리 없는 서리를 맞는다,
맞는다

호랑이 아줌마

태생의 혈관종이 얼굴의 7할을 팥물 들였다
내다 버리라는 아버지의 말씀에
산 생명을 어떻게 버리냐며
어머니가 우겨 키우셨단다

길을 나서면
괴물의 모습을 피하는 사람들을
수제 마스크로 가린 얼굴이 먼저 피한다
이름 대신 호랑이 아줌마가 호칭이다

혈관종의 강한 식성이 눈도 먹어치워 남은 한쪽의
0.5 시력, 그마저 먹어 가고
치아들도 먹어치워 반만 남았다
밥알 굵기 이상의 음식은 믹서기가 먼저 씹어주어야 삼킨다

16번의 피부이식수술로
얼굴 덮은 엉덩이 피부가 감각을 잃고
통증들이 무시로 잠을 쑤신다

은빛 하나가
"생계비 타먹을 요량으로 그런 얼굴 만들었냐?"기에
내 얼굴 떼어가 몇십 번이고 생계비 타 드시라 권한다
세상의 놀림들로 마음도 혈관종을 앓는다
말의 독침들이 생의 길을 접었다 펴곤 한다

가시덤불 말들의 길에서
나보다도 더 통증에 피 흘리고 울음이 짙은
저 아들은……

* TV조선에서 2018년 12월 20일 반영한 〈시그널〉의 '호랑이 아줌마라 놀림 받던 엄마의
  행복 찾기'에서

가드레일 청소를 하며

물통에 세제를 풀어 적신
대걸레가 닦아낸 가드레일을
살수차의 호스가 샤워를 시키며

수 ㎞의 차도를 따라간다
겉옷가지들과 모자와 선글라스가
가드레일 땟국물 무늬로 수놓인다

걸친 옷들이 걸레들이다

가려진 내 얼굴을 노면이 자꾸 당긴다

은빛 거울이 된 가드레일은 내 얼굴을 비추려 한다

누군가 나를 부르는 듯
지나치는 차량이 후려치는 바람에
흘깃흘깃 두 눈동자만 돌렸다 놓곤 한다

내 마음이 거듭 씌우는 검은 보자기를 벗겨
얼굴을 들추며 웃는 태양은
놀부다

밝은 빛에 떠 있는 몸과 마음이
어둠을 부른다
저물녘을 찾아 헤맨다

역경이 거듭 온대도

슬퍼하거나 좌절하지 마라
마디마디 꺾으려 드는 생의 고통들 앙다물고
미소로 덮어라

가슴에 쟁여두지 마라
지난날 아픔을 주고 간 것들도 옹이들로 굳어
된바람에도 꺾이지 않고
잎들과 꽃들 피우게

이전보다 더 튼실히 물관을 감싸지 않느냐?
수많은 역경과 고통의 순간들이
살과 뼈들과 피와 영혼 속에 녹아 항체가 되고
상처들로 피워낸 꽃길 되리니

세상 길에 없는 직선이나 순탄을 구하지 마라
휘고 뒤틀리며 굽어 오른 줄기에 상처 꽃들 있어
더 아름답지 않느냐

얼룩지고 휘어진 한 생이
피어나는 춤 되고
차고 오르는 새의 몸짓 되어
눈물겹도록 아름다워지리니

삶의 악보에 깃든 상흔의 음표들
연주와 노래 되어
다른 이들의 심장을 울리리니.

인력거와 잔전

어둠 내리는 카트만두 거리에서
오랜 걸음에 지친 피로가
인력거를 탔다

목적지에 이르러
대금을 달러로 지불하며
거스름돈을 달라고 말하는 피로의 영어를
인력거꾼은 못 알아듣고

현지어로 하는 말들 속에
"잔전"이라는 단어만 고막을 친다
"어 그래 그래 잔전"이라는 피로의 맞장구가

몇 백 미터 멀리 상점으로 달리기를 시킨 끝에
숨 가쁜 거스름돈을
굳은살의 두 손에서 건네받았다

몇 푼의 거스름돈에 마음이 붙박인 피로는
노고에게 지불할 생각의 잔전도
마음의 잔정도 없었네,

한참의 시간이 흐른 뒤에야
아쉬움의 잔전들이
마음속에서 짤랑거리고 있음은…….

어머니의 자식 농사

어머니의 자식 농사는 반타작이었다

산 자식들 하는 일들이 마음에 걸리면
끌끌 차시는 혀끝에서 "알토란 같은 것들은 다 가고…"라며
말끝이 안개가 되었다

안개가 된 어머니의 말씀 속엔
살아서 구실 못 하는 쭉정이들이 있다

반타작도 헛타작이 된다,

산 자식들이 만든 어둠 속 어머니는
별들이 된 알토란들을 그리워하신다

어둠 속에서만 보이는 별과
쭉정이는 닮았는데

쭉정이들도 죽으면 별들로 반짝임을 아실까?

어미니 마음의 날이 밝아지시면
별들이 보이실까?

3부

2019

눈 오는 하늘로 봉들을 밀고 오르는 명태군단

바다 떠나 지상에서
할복의 입대과정이 전반기 교육이었다
내장들 알들 애들로 분류된 장정 소포들 풀어져
지금쯤 어느 침샘들을 열고 있을까?

자대에서의 후반기 교육이 곧 전투다
아가미들을 꿴 끈들의 색깔들이
소속 부대들이다 청군 홍군 황군…

비워진 몸들과 마음들 봉체조와
심한 온도 차로 단련하고 압축시켰다
몸빛들 노란 물 배어 제대하면 이름이 바뀌리라

하늘을 흐려 놓는 흑운이 전운이다
봉들 아래 칼 몸들을 은폐한 채
하늘로 밀고 오른다

지상을 솟구쳐
직립으로 일제히 날아오르는 중이다
초가처럼 윙윙거리는 바람 노래의 사위를 뚫으며
날개들을 품들에 붙여 바람 소리를 줄이고
칼 부딪는 구령들 은밀하다

적군인 설막탄들을 먹고 위장도 하며
칼 군사들 진군이 정연하다

해전을 마치고
공중전에 임하는 굳은 의지들
낙오로 쓰러지면 다시 봉들을 붙잡아 밀어 올리며
하늘 높이 더 높이……

하늘을 젖 먹이는 산

반도를 내달리던 말 한 마리 죽어 썩어지고
두 귀만 남아 馬耳山[1]이라 한 것은
그릇되었다고
가슴 산은 두 손가락을 들어 흔들듯 서 있네

한반도는 어머니의 땅,
억 년 전 몹시 배고픈 어린아이처럼
시퍼렇게 질려 죽게 된 하늘을 보고는

바닷속 어머니 윗몸도 못 일으키고
누운 채 반도에 솟아올라
하늘에게 젖을 물리니

방긋방긋 웃으며
어머니 가슴에 햇빛을 뿌려 가며
생기가 돌기 시작했네,

지금도 모정의 땅은
가슴 두 쪽을 다 드러내놓고
하늘 먹여 살리는 일밖에 모르는
오로지 한 마음

하늘의 강한 입술로
저 유방에선 고드름도 하늘 향하고
긴 세월은 살갗을
구멍투성이로 만들었네

모정 하나로 하늘을 살리는 이 땅은 사랑의 땅이자
억 년 세월에도
젖만 먹는 하늘이
버릴 수 없는 축복의 땅,
저 가슴 산의 두 봉우리들 있어서

* 자료출처: 네이버

1) 마이산의 전설

즐거운 장례식

시들과 음악과 그림들 속에 살다 가는 내 빈소엔 영정사진 대신 익살스러운 얼굴 크로키가 걸려 있네요 울긋불긋 입던 옷가지와 신던 신발들에 뜸했던 안부들 안고 격식 없이 오심이 고맙네요 아내와 상제들 파안의 웃음들로 하객들 한 사람 한 사람 포옹하는 사이사이로 지난 내 한 생의 얘기 꽃들이 거듭거듭 피고 지네요

음악이 들리세요? 첫곡은 'Hymn to hope'[1]였어요. 주류인 발라드풍에 록과 아리아 포크 기악과 낭송시까지 최근 몇 년간 여러분께 보내드린 곡들 중 700곡을 선정 들려드리라 유언했죠 즐겨 듣던 Sonia Liebing이 부르는 'Jugendliebe'[2]의 리듬에 맞춰 춤추시는 하객 여러분 멋져요 가사 아시면 함께 노래 부르세요 다음 곡은 최병걸의 '난 정말 몰랐었네'입니다 군창 속 스텝들을 밟으며 몸들을 흔드는 여러분들의 군무에 관 속에서 어깨춤이 들썩이려는 나 좀 꺼내줘요 관 뚜껑이 들썩거리지 않나요 공중에서 보고 있는 영혼이 연기결처럼 휘어져요 내 영체가 비비 꼬이며 흐늘거리는 공중을 보세요 더 높은 곳 가기 싫어지려네요 함께 춤추고 노래 부르는 사이사이로 한 잔 술로 흥을 돋우세요 천로엔 경찰도 음주단속도 없어요 염하는 동안 '선운사에서'[3] 낭송시가 들리네요 이저승을 걸린 문턱이야 한순간에 넘었어도 내 모습 오래오래 당신들 두 눈에 꽃으로 아른거릴 거예요

두 손 두 발 묶지 말고 입속에 소금도 쌀도 넣지 마세요. 이 여행은

먹고 입지 않아도 잘 갈 수 있으니 날개들 달린 수의 입혀 천상을 날게 해 줘요.

영구차가 왔군요 'I want to break free'⁵⁾를 쏟아내며 덜덜 떠는 스피커가 자유로워지고 싶다네요 관을 들고 쿵짝쿵짝 걸어가시는 운구자들 발걸음들이 한 무리 나비들이네요 내 시신도 날아오르겠네요 이토록 신나는 저승길 지금 따라 오시죠 영국 군악대가 연주하는 Arrival의 음결 속에 장례가 저무네요, 그럼 안녕.

1) Secret Garden의 연주곡
2) 독일 가수 Ute Freudenberg의 노래
3) 최영미, '서른 잔치는 끝났다'
4) Group Queen의 노래

한 줄기 메꽃의 예언

열다섯 살의 내가
바닷가 메마른 모래밭을 기어가는
메꽃 줄기 곁에 서 있었다

물기라고는 약 100m 앞쪽의 바다와
뒤쪽 약 30m에 무논이 전부인데
유별나게 단단한 1m 남짓의
줄기에 두 송이 꽃까지 틔워

들피진 세월을 새기며
바다를 향해 온몸과 영혼을 다하여
정진하고 있었다,

땅끝 아주 낮은 자리의
길 없는 모래 위에 이리 비틀 저리 비틀 길을 만들며
당차고 오진 생의 노래를 관악 연주하고 있었다
보아주는 이도 고통의 한 생을 염려하는 이도 드문
그에겐

사하라 사막보다 넓은 목마름의 터에
제 몸에서 배어 나오는 3液을 다시 머금어 사는 듯
고통 속 구도의 길을 가고 있었다,

'어떻게 이 척박 위에 생을 일구었을까?'
'외로움은 느껴질까?'
'갯바람 휘몰아 오면 어쩌나?'
'만조의 짠물 들면 어쩌나?'
'어디 다른 곳에 옮겨라도 심을까?'
고민들만 사방을 헤매다 나는 그 자리를 떠났는데,

지금껏 내 한 생이
그 메꽃 줄기의 복제품으로 살고 있네.

간장 담그기식 사랑법

심장박동의 낱낱 같은 콩콩콩…
수많은 콩들 삶고 짓이겨 빚은
당신의 얼굴 얼굴 얼굴들
벽 여기저기와 천장에도 걸어 열렸는데

사방팔방에서 오래도록
그 향기 나를 감고 도는데

수많은 사랑과 미움의 교차로
당신의 향기에 취해도 보다가
얼굴들 시퍼렇게 멍들여도 놓다가
갈라 터도 보다가

견딜 수 없는 지경에
짜디짠 염수에 얼굴들 삶고 졸여 정수를 뽑았는데
사랑의 기쁨과 서러운 눈물 방울방울들
뚝뚝 흘려 받아 두는데,

붉은 고추 마음과 숯 된 마음의 조각들에
사랑의 대추 열매들까지 두고도

내 사랑 상할까
사랑에 구더기 슬까 싶어
차마 간장
독에 못 담네
끓은 간장 독에 담을 수 없네
이 애간장 어쩌나?

심장혈관의 조로

검진 결과 내 심장혈관은 나이보다
10년이나 연로하시다

지나온 역정에 만난 사람들과 일들
온 혈들을 짜내며 부딪쳐도 모자라
알코올과 니코틴까지 더해놓은 까닭이다

지혜 부족한
저돌의 누적이
몸보다 마음보다
심혈을 더 늙게 만들었다

연로하신 심혈은
가끔 현기증을 몰고 오셔서
천지를 빙글빙글 돌리시고
한낮도 어둠으로 만드신다

고뇌들 열정들 울분들 슬픔들 우울들
다혈질에 주기와 연기까지 뒤섞여 녹아있는
노 심혈 어르신,

매사 대할 때마다
열기 식혀
탁류의 실개울들 넓히도록
여유로운 마음이어야겠다

심혈 어른 앞에 술 담배 함부로 말고
격식 없는 열꽃도 풀어 눅이고
겸손으로 얌전해지면…….

목제 장롱을 버리고

목제 장롱을 보면 언제나
비스듬히 누워 기우뚱거리며 방을 나고 드는 아래로
어깨가 짓눌린 채
혈관 불거져 비척거리는 위태위태한 걸음들이 간다

삶에 짓눌린 고통들이 응축된 듯
실체보다 생각을 더 무겁게 하는 목제 장롱이
열 몇 번의 이사 끝에 사라지고
가족들도 하나둘 떠나갔다,

어느 날부터
판지 조립장 하나 예쁜 옷 입고 서서
살짝만 건드려도 흔들흔들 춤을 춘다

목제 장롱 없는 아파트가 휑하지만
마음은 깃털이다

분주히 삶을 일구던 날들이 가고
덩그러니 남은 독거는
언제든 어디로든 떠날 수 있도록
책들과 옷가지들과 인연들까지도 조금씩
버리고 끊는다

가볍고 가벼워져
남은 내 영혼 새처럼 날아올라
밤하늘
별로 떠 있으려

판지 조립장마저 버리고
행거 하나 벽에 걸어 놓는다.

비틀거리는 진자

구정 연휴 나흘 밤을 지새고도
미결된 업무들의 올가미에 영육이 감겨 있다

고뇌와 피로는 머리 밭에 허연 꽃가루를 피워
검은 풀들을 자르고
심장 개울들 어딘가를 막아든다

한끝의 부딪힘을 지나
소맥 독작으로 목구멍을 트고
계란말이와 풋고추 몇 낱으로
추운 밤을 화끈하게 붉혀 놓는다

취기에 솜처럼 물렁해진 밤거리가
허공을 덮고 잠들고 싶어지는 집이고
불빛과 어둠을 샅샅이 뒤지며 일하고 싶은 일터다,

집 한 채 날린 위기의 부부는 금전수수만 있을 뿐
말아지지 않는 따로국밥이다
열 살을 넘긴 어린 꿈들이 식은땀을 흘리게 하는
가야 할 저쪽 끝이 아득도 하다

커텐에 가린 면도사의 손길이 요의를 건드리는
이발소의 어둠에 몸을 맡길까?
비틀거리는 마음이 파자마를 그린다

샐러리맨과 샌드위치와 추는 유사어다
용케 오가는 현명하고 아둔한 진자 운동들이 대단하다

사랑할 것들과 사랑할 날들을 뒤로 한 채
헤어 스탠드에 감기며
오는 새벽을 밀어내고 싶네.

찍으려는 생의 마침표를 말줄임표로 바꾸며

조수석의 손님이 어딘가로 전화를 하신다

손님: 친구야, 안되겠어 해도 해도 길이 안 보여, 너라도 내 맘 알아
　　　주게나(울먹).
대리기사: (혼잣말하듯) 세상은 살 만하죠, 아직 어린 것들은 어쩌고
　　　요? 올해 연세가?
손님: 쉰둘인데요.
대리기사: 한참 힘드실 시기네요.

쉰두 살 대리기사의 가족은 풍비박산에 의지가지 하나 없이 세상의
팔매질을 당하며 실직과 취직이 3달 멀게 반복되고 통장은 마이너스
가 8단위를 넘기고 갖은 병치레에 정신까지 치매와 정서불안이 먹어
가고, 급기야 막노동판에 끼어들어 그라인더 날에 찢기고 쇠뭉치에 짓
이겨지고 화상까지 입으며 헤어날 길 안 보여 파산선고를 망설이며 "바
닥이 안 보이는 이 삶 지겹소 끝내고 싶소 천상의 어머니 내 손 좀 잡
아 주소 정말 죽고 싶소"를 노래하던 고독과 고통 속 눈보라의 밤낮들
로 몇 년이 흘렀다

대리기사: 어금니 꽉 다물고 세상의 주먹질들 견뎌보는 겁니다. 스스로 마침표를 찍는다고 모든 것들 해결되나요? 생각을 바꾸면 생각 위에 당신이 실릴 겁니다 지금부터 긍정의 설계도를 그리시고 긍정의 공정들로 메꿔 보세요 잘 될 거라고 믿으시고 희망과 환희의 내일을 시공하여 준공하세요.

손님: 정말 고맙습……(손님의 손에서 세종임금의 느긋한 미소가 대리기사 손으로 건너간다).

살해 이후
- 유 씨 시인의 죽음을 애도하며 -

갯바위 구멍에 물결 밀고 나는 소리로
뇌졸중 하나 골로 갔다
식욕억제제 섞인 밥 먹고
반신불수가 전신불수 되어 완전히 뻗었다,
난 아니고

발광의 포승줄로 내 5년을 온통 저당 잡았던
전당포 폭삭 내려앉았는데
오라는 마음의 봄날은 안 오고

심장의 북소리 가까워지고
사시나무 되어가는 이 몸은 또 뭐냐?
뒤숭숭한 꿈자리들은 왜 식은땀을 뽑는지?

눈치 첸 이 누구 있나?
양순의 탈 안에
양순 다물고 말과 행동 삼켜야겠는데
불씨 하나 남았으니

천리 밖 꽃 한 송이
죽은 뇌졸중 닮아 마주치기만 해도 되살아온 듯한
원수 같은 바람꽃

여기저기 아네모네라 말 못 하도록
옴짝 못 하게 묶고
있는 흉 없는 흉 죄다 들춰 망신 주면
마음의 봄날 완연해지려나?

세상은 날 두고
사할린의 한랭전선이라 경계할까?
치켜뜨는 도다리 눈들 되어 힐끗거릴까?
어쩌나 이걸 어째, 난 아니라니까

육법전서 통달한 딸의
어린 것들 기저귀나 갈며 살까?
살아서는 소멸 않을 흑점을 어쩌나?

어디 와 보라지
판사의 어미이고 검시의 장모인데 감히 어쩌겠어
난 아니라는데도 글쎄.

大魚가 되다

집 앞 만조의 선창에서
떼 지어 몰려드는 망둥어들을 낚는
형의 곁에서
구경하고 있다

아둔한 망둥어들은
빈 낚싯바늘을 삼키기도 한다

잠시 동안 드리워져 있던 낚싯대를
한순간 바짝 당기시는 형,
망둥어 한 마리 파짝 별빛 반짝이고는
몸 뒤채며 별똥별로 빠져나가고

빈 낚시 날아와
내 한쪽 귀를 뚫는다
낚싯줄 따라 몸이 끌려간다
대단한 형의 낚시술에 대어 한 마리
낚였다

아니다, 망둥어들의 아둔을 비웃은
괘씸죄에 걸렸다
총명하신 망둥어들만도 못한
교만 한 마리, 월척이다

낚싯바늘에 걸려 몸부림치며
형과 줄다리기를 하는 대어
오늘 먹거리는 아가미보다
귀가 약했나?
망둥어들의 관심법에 걸렸나?

초록빛 화양연화

열차가 끌어온 가 없는 설원이
계절을 돌리면 초원이 되었다

초록 시절은 옷도 젊음도 꿈도 초록빛이었고
심장도 핏줄들도 익고 있었다

내 나랏말들이 잊혀지는 자리에
앵글로색슨의 서투른 낱말들이 끼워졌다

초록 속의 백과 황과 흑의 배합은 서로 섞이는 듯
늘 겉돌았다 싸움들이 흘리는 검붉은
핏빛만 동색이었다
황색 얼굴들엔 하얀 물이 들었다

메스홀(Mess Hall)의 이름 모를 음식들을 디스(This) 댓(That)으로
가리키는 무지들에게 쿡(Cook)들의 대꾸는 얼굴에 노을을 지폈다.

월례회처럼 치르는 황색들의 휴게실 집합은 원산폭격에서 시작하여
가묵들이 부러지며 끝났고 전투화들 볼들만 까닭 모르고 별빛들로 반
짝였다
백과 흑들은 황색 동물원 구경에 창밖에서 목들을 뽑았다,

이따금 철조망을 넘나드는 쥐들이 되어
고추밭에서 막걸리로 노래들을 불렀다

조별 외박에서 돌아오는 일요일 밤들엔 울 밖에서 들어온
개비 담배들이 책상 위에 불쏘시개처럼 쌓였다

편하고 즐거운 초록들은 울 밖에선 늘 초록 개들의 먹이들을
휴대하고 다녔다

클럽 수영장 영화관 도서관이 초록에 온 생을 묻으라 유혹했고
백색 하나가 월경을 부추겼건만

백 황 흑이 어울린 초록의 날들은
오랜 세월 지나도 꿈자리들을
자주 다녀간다.

紅顔 때문에

내 얼굴은 자주 붉어진다
날씨가 추워져도 기온이 올라도
술을 안 마시고도 취중 색이다

대리운전기사인 내 얼굴에게
음주했냐는 취객의
상식을 짓이긴 질문 때마다

욕지거리와 주먹질과 갖은 패악들과
헛웃음과 인내와 이해와 용서들이 뒤섞인
마그마가 속에서 일렁인다

일만 원 앞에 만감들이 모여
분출구를 찾는다
마침내 병목을 뚫는

감정 하나,
"헤헤 농담이 짙으시네요."
직업은 소중한 것
몇 푼의 물질보다
속된 듯 성스러운 직업 앞에

치미는 속을 쓰다듬는다

영혼의 파고를
고파지는 성화를
미소짓는 눈빛들로 눅여야지
얼굴빛 붉어서 따르는
욕된 순간들을,

죽는 날까지 수양하라시니.

흉터들

어머님 마중 가다 엎어지고
염소 몰고 가다 낭떠러지에 떨어져
다친 이마와
일진과 싸우다 돌에 찍힌 머리와
철조망에 찢긴 다리,
등유에 데인 허리와 연탄불에 데인 손등과
낫에 찍힌 발목과 그라인더에 찢긴 손가락과
쇳덩이에 눌린 발가락까지 내 몸에 흉터 대략 9곳이다

세상살이 견디느라
안 보이는 마음엔 또 얼마나 흉터들 많을까?
사랑도 친구들도 멀어지고
사무직에서 밀려 막노동판을 전전하며
말들의 가시들과 칼들에 할퀴고 난도질 당하던 형곡에서
된바람 무서리로 마음의 잔가지들 꺾는 고통들 준 상처들
그 흉터들,

살아낸다는 것은 세월 두고
역경들 이겨내며 송이송이 흉터 꽃들 피워 가는
한 줄기 꽃나무의 길이다
마음의 가시들 지워 가며 옹이들도 만들며,

흉터들이 시들을 쓴다
꿈의 날개들로 바뀐다
흉터의 꽃들 낱낱이 깃털들로 달린다

참 고마운 것들
낭떠러지와 돌과 돌부리와 낫과 철조망과
등유와 연탄불과 그라인더와 쇳덩이와
욕지거리들과 독설들 그리고 도다리 눈들과……

그림자 물고기(影魚)

두 다리 바닷물에 들자
그림자가 먼저 온몸을 바다에 담근다
물 만난 그림자가 창호지 춤을 춘다
그림자 물고기 한 마리 유영하며 물결들 춤추인다

내가 그림자를 너무 오래 묶어두었구나
두 다리들 붙들고 하늘거리는
저 이별 청원,

몸종으로 오래 묶여
쌓인 억압이
자신도 모르게 풀어지는 影魚는

앞서거니 뒷서거니 붙어다니던 상전의 몸
이젠 놓고 언제나 자신을 씻으며
파도타기도 하고
물속의 깊은 의미를 잠행도 하며

한 자라 자유로 살고프다고
물결들 밀어 애원하는데.

개화

혼수의 어둠을 젖히며
아주 천천히 눈들을 뜨고

긴 침묵 밀치며
아주 천천히 입들을 열고

고요를 헤치며
아주 아주 서서히 귀들을 세우는, 당신

우주에 소통하려 감각의 문들 여는 일이
느닷없는 일일 수 없다는.

거리에서 허공을 향하는 뇌졸중

저녁 무렵 대리운전 중에
메스꺼움과 어지럼증이 자라는데도
염려를 안은 인내심이
운전을 마친다

풍경이 비틀거리고
구토가 노천 하수구를 찾는다

도움을 청하려는
목소리는 막히고
손짓들은 행인들을 몰아내며 허공만 더듬는다

몸에 있는 힘도 기도 죄다 빠져나갔다
술 안 먹은 취객인 나를
허공만 남아
버스정류장 벤치에 드러눕힌다

주변 모두를 돌려세운 뇌졸중으로
오싹 추위지는 한기와 어둠을 덮고
거리에서 긴 잠에 들려는지

아득해지는 차량의 전조등 불빛들
경적들 그리고 엔진 소리들,
생과 사의 경계에 누워
휩쓰는 파도의 이명을 듣는다.

지문들이 없어진 손가락들

- 어머님께 -

못 배운 머리로는 할 일이 없고
두 손과 두 발이 재산이고 지식이어서
산들과 논밭들과 갯벌과 바다에
손발들로 밥을 빌었다

해 뜨면 집 나가
초저녁 별들을 이고 돌아오는 두 손엔
가래며 낫이며 노며 쟁기며 호미며
손에서 떠나지 않았다

제사 끝마다
가족들 생일 아침마다
성주님께 칠성님께 붉은 두 손 모아 비볐고

병들고 죽어가는 자식들 위해
장독대에 정안수 떠놓고 싹싹 빌었다
내가 죄인이라서
고개 들 수 없는 죄인이라서 이러니
이린 것들 살려 달라고
빌고 또 빌며 살다가

어느 날, 문득 바라본 열 손가락들에
지문들이 없어졌다
산들과 논밭들과 개펄과 바다가 먹었는지
자식들이 나눠 가졌는지

주민등록증엔 무늬 없는 검은 달이 뜨더니
지장마다 결 하나 없는 새빨간 낙화들이었다
지문들 없는 손가락들로.

하늘 시인

별찌 하나 밤하늘에 칼을 긋습니다
하늘은 어둠을 붙안고 상처의 아픔을 고요로 견딥니다
현기증의 저린 별들 안고 온 밤내 시들을 앓습니다

하늘의 마음도 어둡다가 맑아지기를 거듭합니다
수많은 칠정들로 가눌 길 없는 속내를
펴 놓은 가슴에 쉼 없이 시들로 적습니다

해 뜨면 해 아래 밝은 시를
달 뜨면 달 등 아래 고적한 시를
그믐밤엔 별들로 가슴 저린 시를
비 오면 눈물로 박음질의 시를
눈으로는 흰 꽃가루 시를 쓰면서

번쩍이는 번개의 영감으로
뇌성으로 울다가
구름과 안개로 지우고
바람의 노래로 읊기도 하면서

지상의 모든 생명들에게 시들을 보내옵니다
들과 산들과 집들과 바다에까지,

이 밤 내가 하늘의 아픈 시에 젖어가듯
지상은 온몸으로 하늘의 시들에 젖습니다

하늘은
세상에서 가장 시들의 지평이 넓은
시원에서 영원까지 시들 쓰는
하, 늘 시인입니다.

동굴 속을 흐르는 노래

- Vitalie Rotaru의 Digital feelings에서 -

눈물방울들이고
땀방울들인
누억 년의 고독도
낙수들 되어 염원들은 파문들로
내 안에서 퍼지다 만다,
울고도 싶고
노래하고도 싶고
춤추고도 싶은데
세월은 시원에서 멎어
긴 구렁으로 묻혀 있다
올 이도 갈 이도 없는 혼자만의 노래로
생명의 서를
풀어 쓰고 있나니,
암흑의 가슴 안에서
해가 뜨고 별들이 피어선 지고
꽃들도 피고 지고 사랑들도 피고 진다네
서로 사랑하라는 말은
스스로를 사랑하는 것임을
질데고독 은 만한다,

걷지 않고도
먼 길 가는 여로가 있어
침묵의 석순들이
이정등들을 밝힌다
내가 내 속을 걷는 발소리 소리들
맑은 청정의 선율들,
모든 감정들이 절제되면
내면엔 슬픔과 냉기 가득하다
속에 쌓인 한과 설움도
굳어버렸다,
너무 오랜 순수는
한순간의 빛으로도
절명할 수 있으므로
내 앞에서 빛의 세상을
함부로 말하지 말라.

물메기 국

추위가 뼛속까지 얼리는 날
출렁이는 물메기 몸짓들 두엇 삶아
낮달 같은 무우 몇 조각 띄우고
대파 줄기들에 몸 뻗치는 영하도 넣어

인정을 데우고
동통도 끓여내어
대접 속 둥둥 뜬 흰 구름들을 떠먹으면

쫄깃쫄깃 껍질엔 희망이 질겨지고
뼈와 뼈 사이 콧물 같은 진수를 빨면
하루 견딜 긴장 무너지는 소리 흐르고

뜨거운 국물 넘기는 모가지가 깔딱
고개를 넘어서면
뱉아내는 입술바람에 근심들이 날아가고
독주에 찌든 이마엔 물별들이 돋고
서러운 남루의 내장마저 씻어내리는

한겨울 물메기 국 한 대접에
세상사 죄다
마음의 봄 강으로 녹아지는.

고향이 내게 남아

푸른 물 위를 둥둥
물결들과 그 위의 빛살들을 먹으며
내 고향은
흔들리며 떠다닌다

하늘도 흔들리며 열리고
해 달 별들이 그 속의 꽃들과 푸나무들도
그렇게 피고 진다

누가 바다 깊이 보석류를 묶어 넣어
지금껏 못 찾고
먼 바다 헤매고 있는지?

새파란 연꽃 부표 고향은
비바람 눈보라에도 꽃잎 하나 지지 않고
꼿꼿하게 흔들리며 떠다닌다,

꽃씨인 듯 벌레인 듯
그 속에서 태어나
흔들리며 떠다님이 핏속 깊이 박혀 자란
나도

오직 대쪽의 정신 하나로
대지의 바다를
흔들리며 유랑하노니.

짐이 끌고 다니는 쌍끌이 운송업

승인도 허가도 필요 없는 사업의
업주고 조타수고 항해사고 선장인 짐에 끌려
눈 뜨면 나다니다가 짐이 눕는 때에야 휴식에 드는 쌍끌이는
닻도 노도 기관도 없는 멍텅구리들

몇백 배 무거운
사지도 팔지도 못하는 산 짐이
쌍끌이들을 몇백 번 갈아치우고 죽어야 끝나는
사업,

짐이 이물들을 들어 올려
바닥의 보이지 않는 파도를 넘기며 간다
십자가 지고 골고다 넘던 예수의 고통의 무게도 시간도
참 별것 아니게 하는
쌍끌이는 세상 무거운 짐 진 자들

짐에 눌려 비틀리다가 밑창이 나가거나
찢어지거나
구멍 뚫리기도 하다가 사라져들 가는데

산악용 세면용 실내용 운동용 외출용 해수우중용으로 사용처들이
다르고
가죽 고무 플라스틱 헝겊…… 종류도 다양한
쌍끌이들 몇 척 가진

우리 모두는
평생을 운송업 하는 짐들,
쌍끌이들의 노고를 아는지 모르는지.

물결무늬처럼 소릿결처럼

돌 하나 떨어진 수면이 물결무늬로 펼쳐간다

내가 부른 너의 이름도 소릿결 되어
네게로 가 닿았을까?

여기 있는 내가 먼 곳의 네게로 가는 영혼의 몸짓,

우리는 누구나 물결무늬처럼 소릿결처럼
먼 어디엔가로 가 닿고 싶다

미지의 어느 곳에 부딪혀 되돌아올지라도.

기억으로 여행하는 옛 동해남부선

- James Last 악단의 Aber dich gibt's nur einmal für mich -

벌들의 환송가를 뚫고 열차에 몸을 실으면 탭 댄스를 추는 기관소리 기적 대신 멜로디를 흥얼거리죠 풍경을 널어놓은 햇빛이 간지럼을 태우면 모래들 자갈들은 빛살들의 젓가락 장단을 맞추고 먼 물결들은 푸르게 노래하고 춤추며 하얀 치열로 함께 가자며 웃네요.

여행길에 피어나는 행복의 계곡들과 평원들은 The piper[1]의 음률로 춤들 실어 흘러가고요 땅 끝과 바다 끝 맞닿은 해안선을 아슬아슬 외줄 타는 건 기차도 우리 삶도 마찬가지죠 안락에선 사는 것만 생각하고요 꼭 한번은 더 와야 할 재송을 지나 헤엄치듯 수영을 건너는 기차 속에서 우동 한 그릇 비우면 일광엔 햇빛들 마중 나와 있네요 급제 못한 서생은 천하태평 늘어져 누웠는데 북창 선생[2]이 등 돌렸을 남창에 내리시는 손님들 부디 몸 조심하세요 바다만 바라보고 생각이 깊은 망양 지나면 양 없는 선양엔 염소 떼가 풀을 뜯고요 이 기차도 한 생을 건너갑니다 발들로 열심히 쳇바퀴들만 돌리며 살아가도 행복이 넘쳐 팡파레 같은 음악을 흥얼거리네요 누구나 삶은 매 순간 혹은 매일의 반복인 걸요

울산이든 포항이든 종착역은 생각 말고 지금 이 소중한 시간을 온 마음에 즐겨 담아요 다가올 일들일랑 꺼내지 말아요.

1) ABBA의 노래 제목
2) 조선시대 북으로 창을 내고 면벽한 사람

아버지께서 주시던 간식

중고생 시절 방학에 고향엘 가면
사흘 멀게
아버지께서 간식을 주셨다

문어잡이 전마선에선
마음에 달라붙는 흡착의 음식이었고
김매는 논에선
영혼의 살갗을 베는 초록잎의 음식이었다

한가지 메뉴로
달라붙고 따가워진 기억력이
빨린 마음을 뜯어내고 쓰라림을 문지르며 애쓸수록
마음을 빨아대고 영혼을 할퀴었다

反哺之敎의 단골 메뉴를
설명까지 덧붙이셨음에도

반달치 숙식비로 한달을 때우라시던 속 깊은 뜻을 모르고
스무한 살의 악다구니가 반포가 다 뭐냐고 쏘아붙이고는
라면 한 박스와 달걀 서른 개의 오기를
한 달 내내 끓이며 버티기도 했건만

제자리 못 잡는 내게
"사람 안 되겠다"를 유언처럼 남기시고
반포할 틈 주시잖고 십 년 후에
食道 막혀 가셨는데,

그때의 아버지가 된 지금
해 준 것 없이도 잘 살아내는 아이들로도
마음의 반포지교를 받는다.

개미의 길을 따라가는데

개미 한 마리가 나방의 한쪽 날개를 물고
보도블럭을 기어간다
몸보다 몇 배 큰 돛을 단 작은 배가
평지와 골을 지나는
육로의 항해다

앞이 가늠되지 않는 노정에
더듬거리며 마른 잎 위를 가다가
불어오는 한 자락 바람에
뒤집힌다

몇 치 뒤로 밀리면서도
다시 몸 뒤집어 그대로 길을 간다
고비에서 고배를 마셔도
끝내 제 길 가는 저 배,

畢生의 역작이고
죽음을 무릅쓴 대업이다
악착이고 억척이다
오로지의 길이다

치열을 넘어 아름다운
저 길 위의 사투를 보며
내 지난 수십 년을 생각는데

전화를 받는다,
자전거 타던 아이가 굴러 크게 다쳤다고.

알몸 소년 마른 물간에 들어

동생에게 욕지거리 안긴 탓으로
아버지에게 발가벗겨져 열 살 소년이 쫓긴다
한 손으로 사타구니만 가린 채

동네를 돌아
바다를 헤엄치다가
갈치 잡던 멍텅구리 폐선의
뚜껑 없는 마른 물간으로 숨는다

비의 저물녘
멍에를 베고 누운 부끄러움이 뒤척거리며
멍에 쓴 까닭을 더듬는다

말라가는 똥 한 덩이
새까만 찬밥으로 앉아 소년의 입을 바라본다

똥 된 시간을 똥과 함께 하는 영어의 몸에게
어둠 너머 먼 별들이 흘리는
눈물의 위로는 시리고
등 돌린 용서에 온정은 저물었고
설마만 마음의 꽃으로 피는데

껍질 벗겨진 마음에
누가 껍질과 비늘들을 입히려나
큰 죄 저질러 귀가의 길마저 막히나,

꿈인 듯 환청인 듯
어렴풋이 들리는
"아가 아가 어디 있냐, 옷도 없이?"

볼링 게임 제작자가 되다

심하고 오랜 피학은
복수 혁명 또는 체제전복이라는 이름들의
가학들로 급변할 수 있지
피학자가 상상한 복수의 반복이 게임이 된다

갑질에 종 부리는 인간들에게
육신과 정신 모두 얻어맞은 상처들 쌓이고 쌓여
피해망상에 정신병이 눈앞에 와 있고
눌러도 눌러도 비집고 나오는
내 속의 끓는 열화로

처음엔 한 사람씩 얼굴들을
책상 위와 연습장과 땅에도 그려
가위표 하며 지우다가 펜 끝이나 돌로 찍어도
성난 분노의 매듭들 안 풀리더군,

곤봉 열 개를 구해 목들에 빨간 두 줄들 그어 죄인들 표시하고
원한 많은 순으로
대처지 원수 1번 그다음 원한 많은 자 2번 3번…
정삼각형 한 틀에 세워놓고,

한 번에 죽여버리면 재미 없으니
활도 총도 칼도 쓰지 않고
크기와 강도 한껏 높인 주먹으로
누가 쳤는지 모를 20m쯤의 멀찌감치에서

죽지 않을 만큼 한 방에 남김없이
혹 나머지가 있다면 끝까지 쳐 쓰러뜨리고
한 번으로 부족하니 열두 번쯤, 흠씬 맞고도

멍자국이나 흉터 하나 안 보이게
아주 망가져 괴로움이 극에 달해도 겉으론
멀쩡히 다시 세워 놓는 것,

길 밖으로 나가면
끝장이야
시궁창 같은 곳에 빠지는
복수 아니, 복수의 대리주먹이 되지 않기를.

총알의 중매

한 군인의 고환을 관통한 총알이
레슬리[1]의 자궁에 박혀 제거수술을 받았는데
처녀 임신이란다

총알 맞은 생각이 꼬리에 꼬리를 문다
머리와 가슴에 황당의 꽃들이 핀다
성령의 말씀을 들은 천사인가?
총알의 중매는

연속 두 사람을 남녀의 순으로
그것도 고환과 자궁을 일련으로
총알 탄 정자가 난자에 들어간 그 순간이 배란기였던
대 수학자도 풀 수 없는 확률,

만남 사랑 약혼 신접살림 장만 결혼
신혼여행의 첫날밤까지
일련의 절차 모두 생략된

사랑이 붙붙어 이루어진 임신이 아니라
임신이 사랑을 불붙게도 하는지

총알 관통된 고환 가진
애기 아빠 찾아 나서야겠다
중매의 총알이
큐피트의 총알이 되는
천생의 배필을.

* 2019년 8월 18일 엠비씨 써프라이즈에서

1) 보스니아 내전 중 한 군인의 고환을 관통한 총알이 자궁에 박혀 임신한 여자

동백꽃의 죽음을 풀다

나날이 날들을 갈아
진록색 번득이는 칼들로 층층 성을 쌓아
사주경계가 삼엄하거늘
누가 그 높은 곳 감히 넘볼까 싶더니
한순간

픽
고꾸라지고 말아
아뿔싸,
겨운 고뇌에 머리 무거워
스스로 졌나 싶었는데

온통 적들이었구나
날 선 허공을 미처 몰랐네
파도의 말들 바람의 말들 새들의 말들
하나같이 볼멘소리들이었나?

마냥 술에 붉게 취해 있었는지
미로염에 고름 맺힌 난청이었는지
허공과 시간이 내통하는 일을
동박새들 두리번거리며 전하는데도
귀담아 못 들었구나

거뭇거뭇 그늘 숨긴 초록의
믿었던 칼들은
빛 받아 눈멀게 하며 꼼짝도 않고

후려치는 허공의 칼날에
붉은 열정이 갔네
赤이 敵이 되고 말았네.

장미꽃 지고 남은 꽃받침으로

봄날 붉게 떠올랐던 산맥들
피눈물로 떠날 때마다
괜찮다 괜찮다
남은 몸 아무렴 어떠냐며
먼 길 말 없이 축원했는데

떠나간 것들은 하마
어느 바닥에서 물기를 말리며
바람결에 몸들을 맡기는지

조각 뼈들로 남아
검붉은 저녁빛 영혼을 추스르며
흙먼지들 더불어 우주와 하나 되는지

떠받들던 손들 모지라지고
받침도 못 되는 공허의 받침은
이루었다고 다 이루었다고
몸 기도 드리는 한 방울 굳은 눈물로

젊은것들 앞세운 슬픈 역사를
가시 돋친 꼬리로 달고
겨울을 키우는 바람 앞에
죄 된 몸과 영혼을 맡긴다

울 못 된 울의 길마저 저무는데
아틀란티스의 마지막 남은 뙈기 땅
물밑으로 들기 전처럼.

오이도[1]는 코가 붉어

육지에 피를 붙은 섬은
달이 드미는 막걸리 빛 바닷물에 취해
코가 붉다

만류하는 방파제의 포옹을 뿌리치며
긴 세월 잔 없이 홀짝거린 중독이
코에 어혈 맺었다

서해로 잠드는 해가
나날이 뿌리는 노을도
코만 익혔다

섬의 코,
멀리 비추던 제빛을 잃고
기억만 붉어진 취중에게
어느 배도 지금은 항로를 기대지 않는다

주인의 실직에 볼 낯들 없어
가로등 몸종 둘이
고개들 숙이고 서 있다

입맛 쩍쩍 다시는 몇 척 배들의 취담에
말벗이나 되어주며
목 매인 마음들 달래주다가

해 달 별들 어선들 물새들의 길목에서
짠물에 절여진 옛 생각만
자주 안개에 젖는다
霧笛도 울지 않는데 코만 울먹이며.

1) 경기도 시흥시 정왕동에 있는 섬, 지금은 매립되었음

담쟁이들의 공성전

담을 타고 오르는 초록 잎들이
성 하나 차지하려는 군사들이다

망해 가는 성루는 모두 잠들었는지
하강을 모르는 의지들의 초록 함성에
반격의 기미 전혀 없다

태생이 암벽등반가들이고 공성전사들인 몸들 속에서
자일들을 뽑아 걸고
한 치 두 치 시나브로

성벽에 붙은 채
먹고 잠들고 깨며 사랑도 나누어
낳은 자녀들 어깨들에 태워 일선에 올리며
대대손손 몇 세대가
상하좌우 밀어들을 몸으로 전하며
공격 중이다,

끝을 보고야 말지
死傷은 있어도 낙오는 없는
초록이 성을 먹어 간다

이겨 놓고 싸우는 전사들의
성 하나 차지가 머잖다
이름도 綠葉城으로 바꿀
그날이 눈앞이다.

빙의에 걸려

'사망사고발생장소'라는 표지판이 있던
차도 아래 숲속엔
밤이면 경미한 차량사고들이
달맞이꽃들로 피고 졌다

운행 중이던 차의 발들이 터지고
전봇대를 들이받아 차의 엉덩이가 구겨지기도 했다,

밀려오는 꺼림칙을 걷어내며
아빠와 칠세 소녀와 오세 소년
세 손님을 대리운전 하려
차주가 주시는 키를 받아 문을 여는 순간

운전석을 꿰차고 앉는 소녀,
죽은 여자가 운전대에 얼굴을 박고는
한참을 앉아있다

"아가, 운전해야 하니 일어나야지?" 하니
그때야 엉거주춤 일어나 신발도 그냥 둔 채로
밖으로 나온다,

키를 꽂는데 엉뚱한 키가 꽂혀
빠지지 않는다
차주가 와서 뽑으려는데
뚝, 부러져 견인차를 부르게 하며
사귀는 해작질인데

풀과 나무들의 기도 소리
차량의 오구굿 하는 소리 소리들
원귀의 천도재에 밤 숲이 바쁘다.

이주하는 나무

큰 나무 한 그루 트럭에 실려 이주하고 있다
어느 도시의 거리나 아파트로 가는지
고향 산은 점점 멀어지는데

누군가가 발싸개로 발들을 씌워 놓았다
고향 생각 다시는 더듬지 말라고
더듬이들 가리고 마음길도 꽁꽁 묶인 채다

한때 숲의 장수로
푸나무들 지휘하고 호령하며
녹색혁명 주도한 죄라도 지었는지

귀양이고 강제이주인 길에
차체 밖으로 나온 머리채가
상투 푼 죄인처럼 갖가지 생각들을 출렁거리는데

심란함을 가누는 초록의 방언기도에도
온 가슴 휘청거리고
새 삶을 향한 긴장의 우듬지 거뭇하게 탔다
뿌리 뽑혀 하늘 땅 어지러움에서 시작된 새 출발,

가고 오는 것이며
고향과 타향
숲과 도로
평화의 산천과 영어의 틀……
만사에 마음의 경계를 지워야 하나?

함께 했던 곁들은 곁들일뿐
산다는 것은 늘 혼자를 건디는 일이거늘
몸과 마음 새로이 우뚝 세우면
낯선 땅도 희망의 터전이 될지.

말씀의 童顔

통화 중에 年齡代를 물어 온다
60이라는 답에게 "말씀이 童顔이네요." 한마디가
마음을 봄빛에 데려가 달뜨게 한다

말과 목소리에도
얼굴과 몸통과 팔들과 다리들이 있었구나
목소리를 볼 줄 아는 卓越한 觀聲法에게

내 목소리는 20대일까 30대일까?
눈들 코 입과 귀들은 제대로
잘 생겼을까?
주근깨나 점은 없을까?

가끔 듣는 이런 접대용 혹은 치장용 말에 달떠
50 혹은 60대를 노을로 置簿하고
갓 피어난 봄꽃을 찾는
착각이나 착오는 않을지?

야단 난 건 아닌지?
야단맞지는 않을지?
전화기 너머의 관성법에게 내 생각과 말의 오장육부가
다 들통나는가 싶어 덜컥,

한순간에 쪼그라들어
80으로 가는 마음의 주름살들을…….

바다를 고무래질 하는 달

달이 바다를 고무래질 합니다

긴 달빛으로
뉘들 잡티들 섞인 바닷물을 해변으로 끌어당겨
걸러진 물 다시 한바다로 밀어 보냅니다

계절들도 먼 거리도 탓하지 않는
달의 열심으로
바닷물이 여뭅니다

바다는 달 하나로 맑아지고 속이 익어갑니다

당신도 마음의 바다 위로 달 하나 띄우시지요.

얼음꽃

들를 곳
가녀린 손끝뿐이었나
바람막이도 없는 주막 같은데

티 없는 맑음이
세속으로 가는 시간을 잠시
붙잡아 주마

아직은 공중인
마지막 쉼터
순간의 꽃으로 열매로 별로 머물거라

서로의 온기로 해동하여
내 눈물 되어 떠나는 순간까지
빈 몸들끼리 가난을 지성으로 함께 나누자

훗날 새순 돋으면
한때 몸 맑게 달린 꽃이고 열매인 별 하나
꽃대에서 익어갔다고 전해 줄
화양연화로 새기자.

상아빛 호수를 캐다

벙어리였던 밑둥의 울음보를
톱으로 터뜨린다

평생을 머금었던 울음이 발목에서
백사장을 쓸고
유성우 피눈물이 쏟아내린다,
완성과 득도의 속살이

돌처럼 던져진
모체의 기억을 품고 열리는
상앗빛 호수,

몸 불리던 여름들 움츠리던 겨울들 또 봄들 가을들
마음 밭 넓히려 해마다
동심원으로 퍼지던 파문들이
켜켜이 쟁여져 있다

산맥과 강들로 굽어 간
길의 史錄이 되고
거듭되던 긴장과 이완이
마음 길의 등고선이 되었다

내면에서 쳇바퀴 돌던
이제 더는 나아갈 곳 없는 물결의

평생을 다듬어 온
한 편의 시 혹은 추상화

완성은 늘
타인의 몫이 되고
향기로만 호면을 넓히는
융기된 호수의 살빛을……

F

알파벳의 6번째로 춤추고 노래하는(Foxtrot)[1]
자음 F를 따라 Alpha에서 Zulu까지 26 자모음들
함께 춤추고 노래할 거야

여자인 F는 뒤만 봐
M을 기다리는지
지나간 남자는 보지 않고
다가올 남자나 연하의 남자를 좋아하나 봐
합하면 음질 좋은 주파수 방송(Frequency Modulation) 같고
야전교범(Field Manual) 같은 결합을 바라는지

총구가 아래를 향하는 권총 맞아
바닥이 된 학점을 어쩔까?
썸머 스쿨이나 윈터 스쿨로 구제 받은들
겨우 B학점이나 받을려나

원소기호 9번 불소(Fluorine)는 충치 예방에
탁월해서 치약에는 약방의 감초지
불소하면 불화수소(Hydrogen fluorine)가 생각나네
이웃나라에서 대한민국의 목줄을 조이려다

혼났잖아 Fool Fool,
하거나 욕(Fuck)하지는 말기를, 그래도
Fu fu fu

32도는 물과 얼음의 경계다.

---

1) Phonetic Alphabet으로 정확한 발음청취를 위하여 F를 Foxtrot라 표현한다. 예로 A는
Alpha, B는 Bravo, C는 Charlie, D는 Delta……로 표현하며 미군에서는 필수 암기사항
이다.

입동에 핀 장미

꿈 높고 길 멀어 늦둥이로 왔어요

남들 피었다 지는 동안
꿈의 물관 길 더듬어 올라왔죠

행인지 불행인지
더 높고 아슬한 이 줄기의
에베레스트 고봉에 깃발처럼 섰어요

철부지라 마세요
열흘도 사흘도 잠깐인 이승에
그나마 꽃 피웠는데요

혹서에 살이 녹고
퍼붓는 장대비에 꽃비늘들 뜯기는 날들을 지나간
누이들 형들이시여

오한 드는 몇 날 몇 밤을
흰 눈꽃들 얼음꽃들 인채
향기마저 얼어간대도
찬란하고 싶어요

사계에 굴하지 않는 생명 있던가요?

아직 살아 읊는
색다른 나의 시에 귀 기울여요
시린 뼈들의 노래 끝에 고산증이 몰려오고
천 길 아래로 떨어질지라도

순간을 영원으로 새기며
붉은 겹겹의 가락과 향기 흩뿌리고 있는.

잠든 강

강이 겨울잠에 들었습니다

웃고 소리쳐도 보고
부딪혀 깨지고 피눈물로 울기도 했던
긴긴 사랑의 길,

이제 접어버린 듯
제 피부와 살로 빚은 동굴 속에서
죽음 같은 혼절의 계절을 견딥니다

무의식의 소맷단 속에서
꿈으로 길을 갑니다

가만히 귀 기울이면
꿈결을 흐르는 피의 노래 들리고
물고기들의 해작질도 보이잖게 품어 안고

영하가 깊어질수록 살갗의 두께를 더하며
깨어날 봄날을 위해
알 듯 모를 듯
몸과 영혼을 다듬고 있습니다

몸속 중추시계의 신호에
살갗동굴을 찢고 일어나
다시 길을 가려…….

제3 별의 길

멍든 별이 아기별 데리고
길을 돌아돌아 간다

피 솟듯 몸 여기저기 불들이 솟고 살이 찢어지고
복통들 견디며 매운 연기들 뿜어내고 한숨들 쉬면서도
하냥 그 길을
쳇바퀴 돌듯 간다

추운 길은
흐리다가 맑다가 비바람 눈보라 치고
알 수도 없는 먼 별들의 팔매질들 맞아가면서도
고통들 고난들 상처들 일상에 녹이고 혈류들 홀로 맑히며
손발 없는 몸을 굴러 먼지 때 털어내며,

허공을 구르면 아픔이 치유되는 듯
해바라기로 돌다 보면 생각도 풀어지는 듯
귀 막고 말문 닫고
사십 몇 억 해를 말없이 가고 있다

성녀의 길이 곧 하녀의 길인 숙명의 길을
날개도 없이 공중을 날아서……

그 별 닮은 벌레 같은 목숨들 안고
미망의 아낙이
외동아들 데리고 먼 길 가듯
오늘도 길을 간다.